KB261927

난 할 거다

난 할 거다

난 할거다

이상권 지음

사계절

이제 막 사춘기의 강을

건너려고 하는 세상 모든 아이들에게

| 작가의 말 |

나를 아름답게 하는 것

별로 특별한 이야기도 아니거늘 이렇게 책이라는 생명으로 만들어 낸 것은, 우리 딸의 성장 과정을 보면서 아빠로서, 선배로서, 어른으로서, 친구로서, 동료로서 하고 싶은 말이 있었기 때문입니다. 힘들수록 자기 자신을 학대하지 말라고. 다른 친구들하고 자신을 비교하지 말라고. '나'라는 생명체는, 나만이 가진 성스러운 가치가 있으니 그걸 찾아내라고. 인간이라는 동물은 부모라는 보호의 틀 안에서 성장하지만, 부모 역시 '나'라는 생명의 마음속까지 들어와서 대신 커 줄 수는 없기에, 성장하는 것은 나 혼자만의 몫이라는 것. 그러니까 자신을 아름답게 만들어 가는 것도 '나'라는 생명 그 혼자만의 몫입니다. 자신을 소중하게 생각하고, 스스로 당당해질 수 있도록 자기 자신만의 자존감을 만들어 가기를 바랍니다.

우리 집 암탉 두 마리가 한 둥지에서
오리 알 네 개, 달걀 여섯 개를 품고 있는 봄날,

이 상 권

1

햇살은 아직도 성깔 사나운 겨울바람이 으르렁거리는 응달을 피해, 양지바른 곳으로 살금살금 걸음하여 땅을 어루만진다. 담장 밑에 다복다복 늘어선 마른풀들이 서걱거리고, 그 사이사이로 여벌 잎을 동그랗게 펼쳐 놓은 냉이들이 살포시 세운 꽃송이를 흔들흔들 서로 볼비빔하면서 햇살 바심에 푹 빠져 있다. 무당벌레가 냉이 이파리 사이로 고물거린다. 아직은 찬 기운이 더 억센 아침나절인데도 마당 가득 햇살이 넘쳐흘러, 이 집에 사는 것들은 일찍 봄맛을 즐기고 있었다.

부드럽게 굽이친 용마루에 물매가 싼 주인집이 남쪽바라기라면, 내가 세 든 방은 해가 발딱 일어서자마자 눈을 마주치는 동쪽바라기였다.

나는 부엌문 앞에서 해바라기를 하고 있었다. 뺨에 달라붙

은 햇살이 목덜미로 흘러내려 온몸으로 젖어 든다. 몸 어디에
선가 새싹이 꼼지락거릴 것 같다.

내가 이 집을 얻어 달라고 어머니를 조른 것은 흙 비린내를
맡을 수 있는 마당 때문이다. 비록 찰진 황토살은 아니어도 시
멘트나 연탄재 한 줌 섞이지 않은 순수한 흙 혈통인 마당은 아
이들이 자치기를 할 만큼 여백이 넉넉하다. 게다가 작은 부엌
까지 딸려 있어 풋내기 부부가 소박한 살림살이를 하기에 안
성맞춤이다. 안채 뒤란에 있는 화장실까지 발품을 팔아야 하
는 게 다소 성가시지만, 내 집은 바깥에서 사생활을 엿들을 수
없을 만큼 완벽한 공간이었다.

나는 가슴 저 밑바닥에 웅크린 숨을 뱉어 내면서 가방 끈을
힘차게 말아 쥐었다. 대문을 나서자 햇살이 떼거리로 확 달려
들었다. 눈부셔. 눈부셔. 눈이 부셔도 기분 좋다. 산동네 아래
쪽에서 도도하게 밀고 올라오는 다세대주택들과, 힘겹게 텃세
를 부리면서 자기 땅을 지키려고 발악하는 한옥들이 한눈에
잡혔다.

2

구불구불한 맛이 사람들에게는 편안함을 주면서도, 갑자기
가풀막지는 꼬라지를 보니 눈이라도 한판 오지게 퍼붓는다면
결코 수월하게 걸을 수 있는 길이 아니었다. 나는 그 길로 걸어

간다. 그 골목의 터줏대감인 화장지 장수는 오히려 가파름을 즐기면서 느릿느릿 올라오는데, 내려가던 트럭이랑 승용차가 신경질을 부리면서 마구 악을 써 댄다. 차들이 손수레의 양보를 받고 지나치자마자 시간의 흐름이 빨라진다. 아래로 갈수록, 현대식 집들이 많아질수록, 자동차들의 악다구니가 요란해질수록, 사람들이 많아질수록 모든 게 빨라진다. 빠르지 않고는 살 수 없다고 아우성친다.

이 도시에서 가장 바쁜 살림꾼인 시내버스들이 한 아름씩 담아 온 학생들을 우르르 풀어 놓는다. 나도 학생들 북새 틈으로 묻어 들었다. 빠르게 빠르게 재촉해 가는 학생들 걸음걸이에는, 이 대열에서 이탈하면 낙오된다는 어떤 절박함이 묻어 있다. 학생들은 자신의 머리보다 무거워 보이는 가방을 들고, 여러 사람들 눈맛에 따라 그때그때 고쳐져서 구불구불 제대로 길들여지지 않은 골목길을 쉬지 않고 다그쳐 간다. '신입생 여러분의 입학을 진심으로 환영합니다', '서울대 ○○명, 연세대 ○○명, 고려대 ○○명, 육사 ○○명……'이라고 적힌 현수막 두 개가 바람에 울고 있다. 꼭 덫에 걸린 야생동물의 절박한 울음소리 같다. 학생들은 잠시 교문 앞에서 걸음을 늦추고 각자 옷매무새를 더듬었다.

선도부원 일곱 명이 로봇처럼 서 있었다. 나는 교문 안으로 들어가다가 팔자걸음으로 걸어오는 체육 선생님을 보았다. 순간 어제 입학식을 마치고 화장실에 갔다가 본 선배들이 떠올랐다.

"도라무통! 도라무통!"

화장실 앞에서 파수 보던 학생 하나가 신호를 보내자, 안에서 담배를 피우던 예닐곱 명의 학생들이 재빠르게 꽁초의 숨을 끊으면서 수돗물로 입을 헹구고 나갔다.

곧이어 한 선생님이 들어오더니 매서운 눈초리로 훑어보았다. 척 보기만 해도 왜 '도라무통'이라는 별명이 붙었는지 알겠다. 체육 담당인 선생님은 목과 다리가 짧은 데 비해서 몸통은 엄청나게 크고 동그랗다. 영락없는 드럼통 모양이었다.

나는 어제 일을 생각하다가 도라무통 선생님하고 눈이 마주쳤다. 괜히 주눅이 들었다. 도라무통 선생님이 히죽 웃더니 죽도를 쭉 뻗어 내 모자를 밀었다. 모자가 힘없이 떨어졌다. 순간 꼭 아랫도리가 벗겨지는 기분이었다.

"이놈 봐라, 봐라, 봐라! 첫날부터, 그것도 신입생 놈이, 두발 때문에 지적을 받아서야 되겠냐? 오늘 당장 잘라! 알았냐, 알았어, 알겠냐고오?"

나는 정신이 없어서 열 번도 더 굽실거린다. 그런 다음 운 좋게 늙은 고양이 발톱에서 풀려난 쥐처럼 도라무통 선생님의 사정거리에서 벗어났다. 화장실부터 갔다. 거울에 비친 내 머리가 지적을 받을 정도로 불량한 상태인지 쉽게 가늠할 수 없었다. 이발한 지 일주일밖에 되지 않았기 때문이다.

역사 담당인 담임 선생님은 명문고로 찬란하게 떠오르고 있는 학교 자랑으로 아침 조회를 시작했다. 그런 선생님 목소리는 어쩐지 힘에 부쳤다. 대다수 선생님들이 패기로 무장한 젊은 나이였지만, 담임 선생님은 교직 생활을 서서히 뒷갈망해야 하는 오십대 중반을 넘어서고 있었다. 그런 선생님이 나한테 해가 될지 득이 될지 겉어림하던 차에 일교시를 알리는 벨 소리가 고막으로 파고들었다.

모든 게 낯설다. 새로움이라는 단어에 깃든 설렘보다 낯설음이 주는 부담이 더 컸다. 이렇게 홀로 떨어져 본 적이 없었다. 초등학교나 중학교 갈 때는 동네 아이들이랑 섞여서 갔는데, 고등학교는 다르다. 연합고사를 쳐서 나름대로 성적을 검증받은 학생들만이 스물두 개 군에서 뽑혔다.

학생들은 모두 숨소리마저 아끼면서 선생님을 기다렸다.

드르륵, 문 도르래 굴러가는 소리와 함께 영어 선생님이 들어섰다. 약간 곱슬곱슬한 머리에다 뽀얀 살결이 영락없는 귀공자 상이지만, 얼굴에 흐르는 개기름 때문에 느끼해 보인다. 선생님은 그물질하듯이 학생들을 훑어보더니, 아직 서먹서먹한 우리에게 긴장을 풀라고 주문하면서 박수를 세 번 치라고 하였다. 몇 사람 엇박자가 나왔으나 더는 말하지 않고 분필을 골랐다. 선생님이 거의 고딕에 가까운 글씨체로 '영어＝영국의 국어', '영어＝미국의 국어'라고 쓴 뒤, 17번을 불러서 어떤 게 맞냐고 물음표를 던졌다. 얼굴이 주근깨 밭인 17번 학생은 한참을 망설망설하다가 둘 다 맞는 것 같다고 대답했다.

"잘했다. 둘 다 맞다. 그러나 지금은 영어를 영국 말이라고 생각하는 사람은 드물다. 미국의 힘이 영국을 앞질렀기 때문이다. 이제 영어는 세계 공용어다. 세계 모든 국제기구에서 영어가 공용어이고, 이미 전 세계 우편물의 절반 이상이 영어로 쓰이고 있다. 그만큼 영어가 중요하다. 여러분이 고등학교 책에 나오는 영어만 잘해도 외국인이랑 자유롭게 대화를 할 수 있다. 적어도 나한테 배운 학생들은, 문법은 잘 몰라도 좋으니까, 단 몇 마디라도 확실하게 영어로 말할 수 있어야 한다. 알았나? 자, 그럼 수업 들어간다!"

영어 선생님은 준비해 온 말 꾸러미를 단숨에 풀어 놓더니 기습적으로 "33번!" 하고 불렀다. 그 소리가 유독 크게 울렸다. 어제 입학식이 끝나고 번호를 정했지만 다들 아직은 자신을 대신할 숫자에 익숙하지 못한 상태였다. 영어 선생님이 다시 "33번!" 하고 소리쳤다. 그제야 나는 33이라는 숫자가 내 번호임을 알았고, 급하게 대답하면서 일어났다.

"이번 주에는 여러분의 영어 실력이 어느 정도 되는지 테스트해 보겠다. 33번! 교과서 제1과를 읽어 봐."

예상치 못한 상황이라 약간 당황하면서도, 호흡으로 마음을 안정시키고 영어 책을 펼쳤다. 책을 눈높이에 맞추는 순간 갑자기 눈앞이 아득해지면서 글자들이 요동치더니 까만 점으로 변했다. 나는 머리를 흔들었다. 눈을 깜박여 보았다. 잠깐 글자들이 또렷해졌다가 이내 흐려지더니 위아래로 마구 흔들렸다. 왜 이러지! 다시 머리를 흔들면서 눈을 깜빡이고 글자들을 짚어 내려고 했으나, 글자들이 잠깐 보였다가 세포분열을 하면서 무슨 암호처럼 이상한 모양으로 변해 버렸다.

"야, 뭐 해? 어서 읽어!"

영어 선생님이 두벌 다그쳤다.

그 서슬에 놀란 학생들이 나한테 눈 화살을 집중했다. 나는 점점 당황했다. 있는 힘을 다해 머리를 흔들고 눈을 뜨면서 글자를 찾으려고 했지만, 글자들이 눈에 들어오지 않았다. 점점 어지러워진다.

"못 읽겠습니다."

나는 항복하듯이 말하면서 고개를 떨궜다.

영어 선생님이 왕거머리가 연상될 정도로 숱 많은 눈썹을 끝까지 밀어 올리더니 나를 겨누어 보았다.

"뭐, 못 읽어? 허 참. 33번! 자, 아는 글자라도 읽어 봐."

나는 지금까지 살아온 힘을 아랫배에다 총 집결시킨 다음, 제발 제발 나를 살려 다오, 왜 이러니? 너 한 번도 이런 적 없잖아? 다 아는 글자잖아? 자, 편안하게 읽자, 그렇게 다독거리면서 눈을 비볐다. 그래도 나아지는 건 없었다. 오히려 머리가 멍해지고 팔다리가 마구 후들거렸다. 눈을 비볐다가 뜨자 이번에는 책장이 노랗게, 다시 빨갛게 보이다가 까매졌다.

"어라! 이런 놈 처음이네. 조금이라도 읽어 봐. 단어 하나라도……. 너, 중학교 때 영어 안 배웠냐? 너 같은 놈이 어떻게 인문계 고등학교에 왔냐? 신기하다, 신기해! 너는 앞으로 내가 특별 관리하겠다. 그러니까 더 열심히 해. 이리 나와서 칠판 잡아!"

나는 먹물 속을 걸어가듯이 비척걸음으로 책상과 책상 사이를 빠져나갔다. 왜 이런 일이 생겼는지 납득할 수 없었다. 중학교 때는 그럭저럭 영어를 하는 편이었는데, 지금 내 모습은 전혀 다른 사람이다.

영어 선생님이 빙글빙글 몽둥이를 돌렸다. 칠판에 손바닥을 대고 눈을 감았다. 곧이어 박달나무 몽둥이가 내 허벅다리를 정확하게 공격했다.

"아이고!"

비명이 터져 나왔다. 하마터면 꼬꾸라질 뻔했다. 선생님은 그럴 틈을 주지 않고 노련하게 몽둥이를 휘둘렀다.

"아이고! 아이고! 아이고오!"

예상한 것보다 열 배, 스무 배 이상 고통스러웠다. 내 인생에 있어서 오늘은 가장 수치스러운 날이다. 나는 우등생은 아니었어도, 공부 못한다는 손가락질을 받으며 살지는 않았다. 다시는 이런 일이 없을 거다. 그래, 일시적으로 찾아온 현상이다. 나는 그렇게 주억거리면서, 사나운 매의 기세를 온몸으로 감당해 냈다.

영어 선생님은 열 대를 채운 다음에야 매를 내려놓았다.

"너, 분명히 말하지만 다음에 또 시킬 거야!"

나는 학생들 얼굴을 하나도 쳐다볼 수 없었다. 영어 시간이 끝난 뒤에도 고개를 들지 못했다. 화장실도 가지 않고 그 자리에서 종일토록 피멍 든 허벅지를 달랬다. 집에 오자마자 영어 책부터 펴 놓고 갑자기 먹통이 되어 버린 눈과 입을 타박하면서 소리 내어 읽었다. 빌어먹을! 그제야 또렷하게 글자들이 보이고, 입에서도 술술술 영어 단어들이 흘러나왔다.

한참 뒤 마당으로 나갔다. 까만 구름 하나가 하늘 한복판에다 터를 잡자, 삽시간에 동무 구름들이 몰려들어 비구름을 만들었다. 내 깜냥으로 보건대 한바탕 요란하게 퍼부을 기세였다.

서둘러 집을 나와 큰길로 내려갔다. 공중전화 부스에 들어가서 고향 집 전화번호를 눌렀다.

어머니 목소리가 가늘게 울린다.

"오냐, 밥은 잘 해 먹었냐? 한사코 몸단속 잘해라. 아이고, 어제 집에 오다가 막차를 놓쳐 버렸다. 터미널에 앉아서, 이놈을 어떻게 가르칠거나, 그런 생각 하다 봉께로 막차가 가는 것도 몰랐시야. 그래도 함평까지 가는 차가 있어, 그 차 타고 와서 십 리를 걸어왔다."

막내아들을 가르쳐야 한다는 벅찬 압박으로 해의 심지가 닳는 줄도 몰랐다는 어머니의 하소연을 귀에 담는 순간, 지금 내가 처해 있는 상황이 뼈 시리게 느껴졌다. 어제 어머니는 나를 외톨박이로 남겨 놓고 떠나면서, 겉으로는 잔잔하게 웃음을 지었지만 돌아서기 무섭게 한숨 타령을 하였다. 그만큼 막내 아들을 객지로 내보내면서 걱정거리가 많았던 모양이다. 아직은 당신이 따스운 밥 지어 고봉으로 사발에 담아 마구 먹여야 할 나이건만 돈이 없어 자취를 시킬 수밖에 없음을 안타까워하고, 삼 년간 학교에다 내놓아야 할 학비 시름으로 숱한 날들을 뜬눈으로 새웠으리라.

어머니는 지금까지 삶에 부대껴 힘들어하는 내색을 한 번도 비치지 않았다. 다만 형이랑 누나를 돌무지 밭 개간하듯이 가르쳤어야 하는데, 그 시기를 놓치고 가난 앞에 굴복해 버린 당신의 무력함을 간혹 탄식했을 뿐이다. 그랬을 뿐, 나한테도 공부에 대한 압박 한 번 지르지 않은, 그런 사람이다. 그래서 나는 아버지의 빈 그늘을 느껴 보지 못했고, 공부에 대한 큰 압박도 없이 여기까지 왔다.

이제는 다르다. 나는 공부를 하기 위해서, 큰사람이 되기 위해서 이 도시로 유학 나온 비싼 몸이다. 그러니 어머니 기대에 어긋나서는 안 된다는 절박한 각오가 치밀어 오른다.

나는 전화를 끊으면서 다시 입술을 사리물었다. 하나 둘씩 떨어지는 빗방울에 쫓겨 집으로 달려왔다. 숨을 달래자마자 졸음이 밀려왔다. 잠을 자고 나면 이 모든 치욕을 잊을 수 있을 거다. 오늘은 뭔가 꼬인 거다. 첫날이라서 내가 당황한 거다. 그래, 내일이면 모든 게 제자리로 돌아오겠지. 나는 그런 믿음을 퍼렇게 멍든 허벅지에다 심으면서 눈꺼풀을 내린다.

비 오는 소리가 들린다. 봄비치고는 제법 사납게 쏟아지는 모양이다.

3

눈을 뜨자 야불야불 참새들의 수다가 따뜻한 햇살에 실려 문살 틈으로 기어들었다. 간밤에 쏟아진 비로 땅은 깊은 곳까지 노골노골 풀려 씨앗들이 몸 풀기 좋도록 버석버석하고, 찬 기운은 응달에서도 햇살의 눈치를 살피며 어디론가 달아날 궁리를 하고 있었다. 따스한 햇살의 이바지를 받은 모든 것이 생기를 띠고 있다. 나도 서툴게 어묵국을 끓여 가슴을 데우고 집을 나섰다.

학교 정문이 보일 즈음에야 '아차, 머리!' 하고 내 머리를 쓰다듬는다. 다시 돌아갈 수도 없고, 참 난감했다.

나는 다른 학생들 틈에 묻어서 재빠르게 교문 안으로 들어갔다. 그렇게 십여 걸음 탈 없이 질러가는데, 누군가 뒤에서 어깻죽지를 잡아챘다. 어찌나 놀랐는지 "헉!" 하고 소리를 질렀다. 선도부원이 나를 이글이글 노려보았다.

"야, 그렇게 불렀는데도 못 들은 척하고 도망쳐!"

뭐라 변명할 틈도 주지 않고 날아온 발이 옆구리를 파고들었다. 움칠, 몸을 웅크렸다가 펴자 어느새 다가온 도라무통 선생님이 손에 든 죽도로 어깨를 내리친다.

"너 이름이 뭐야? 이시우! 짜식, 내 눈이 저인망이다. 저인망이 뭔지 아냐? 바다 속 모래나 뻘 속에 있는 조개까지도 싸그리 훑어 내는 그물이다, 그물! 알겠냐, 알겠어? 어딜 도망가려고 해."

도라무통 선생님이 내 귀를 잡고 이리저리 잡아당기다가 모자를 툭 튕겨 냈다. 땅에 떨어진 모자가 딱정벌레 흉내라도 내는지 발랑 뒤집어진다.

"어쭈, 요놈 봐라, 봐라. 어제 내가 이발하고 오라고 했어, 안 했어? 너 벌써부터 반항하냐? 이제 학교 다닌 지 며칠이나 되었다고……."

도라무통 선생님이 호주머니에서 까만 가위를 끄집어냈다.

"하여튼 요새 놈들은 말로 해서는 안 듣는다니까. 머리 숙여!"

도라무통 선생님이 내 목을 죽도로 내리쳤고, 목이 꺾이는 순간 사냥감을 만난 가위가 싹뚝싹뚝 뒷머리를 잘라 먹기 시작했다.

"이래도 이발을 안 하면, 내일은 머리 한복판에다 명당자리를 만들 거다. 명당자리 알지? 우리나라는 어딜 가든 산을 보면 햇볕 잘 드는 좋은 곳에 명당입네 하고 묘들이 들어 있지? 바로 니 머리에다 그렇게 명당자리를 만들어 주겠다, 이 말이야. 알겠냐, 엉! 알겠냐고?"

나는 속수무책으로 당해 버렸다. 아무런 변명거리도 지어

뱉지 못했고, 고양이 발톱에 눌린 쥐처럼 찍소리도 내지 못했다. 나는 도라무통 선생님 손에서 풀려나고서야 머리 뒤쪽을 더듬었다. 까칠까칠 뜯어 먹힌 흔적을 예민한 내 손은 너무도 실감나게 전해 주었다.

오늘도 교실에서는 누구 하나 먼저 말 물꼬를 터 오지 않는다. 얼굴이 하도 하얘서 머리만 길면 여자로 착각하겠다 싶은 짝꿍도 한마디 인사치레가 없다. 나를 경계하는 눈빛만 날 세우고 있었다. 하긴 첫날부터 전율을 느끼게 하는 매타작을 보여 줬으니, 모든 아이들 뇌리 속에 나라는 인간은 미궁처럼 자리 잡고 있으리라. 나 역시 짝꿍한테 말을 건네지 않았다. 아니, 그럴 만한 여유도 없었다. 나는 자리에 앉기 무섭게 영어 책부터 펴 놓고 염불이라도 외듯이 읊조린다.

영어 시간은 삼교시였다. 그 때까지 영어 책을 읽고, 또 읽고, 또 읽는다. 영어 선생님이 교실 안을 한 번 휘둘러보자 나도 모르게 고개를 숙여 그 눈빛을 피했다. 영어 선생님이 "4번!" 하고 불렀다. 검은 테 안경을 쓴 학생이 일어나서 떠듬떠듬 영어 책을 읽었다. 다음은 14번이 일어났다. 그제야 어제 영어 선생님이 왜 내 번호를 불렀는지 알았다. 선생님은 그날그날 날짜에 따라서 4번, 14번, 24번, 34번, 44번 이런 식으로 번호를 부른 것이다. 그렇다면 어제는 3일이었는데 왜 앞 번호는 건너뛰고 대뜸 33번부터 시켰는지 모르겠다. 아무튼 당분간은 안심할 수 있다는 계산을 하면서 긴 숨을 내뱉었다.

곧바로 이어진 국어 시간에는 좀 느긋하게 교과서를 들추어 보고 있는데, 국어 선생님이 내 번호를 불렀다. 나는 망설임 없이 국어 책을 들고 일어섰다. 근데 어라! 막상 책을 읽으려고 하자 머리가 깨지듯 아프고, 오른쪽 귀가 멍했다. 그와 동시에 책갈피 가득 찬 글자들이 사라졌다. 어럴 수가! 어제 영어 시간에 일어난 증세하고 똑같다. 손에 땀이 나고, 어지럽고, 눈앞이 노래진다. 침이 마른다. 침착하자, 침착하자! 이건 아무것도 아니다. 나는 애써 손땀을 바지에다 문지르면서 눈을 크게 떴지만, 누군가 머릿속에다 구정물을 붓고 막대기로 마구 휘저어 버린 것처럼 아무것도 보이지 않는다. 아, 이건 아냐! 뭐가 잘못되어도 한참 잘못된 거야!

국어 선생님이 머뭇머뭇 몸을 흔들고 있는 나에게 어서 읽으라고 다그쳤다. 나는 마치 붕어처럼 입만 뻐끔거리다가 이 엄청난 혼란의 정체가 무엇인지, 어디서부터 잘못되었는지를 맥 짚어 보려고 애를 쓰다가 그만 고개를 떨궈 버렸다. 꼭 도마 위에 오른 생선이 된 기분이었다. 아이들은 모두 나를 보면서 침묵했다. 그 침묵 속에서, 어제는 영어 책을 못 읽더니 오늘은 국어 책도 못 읽네, 진짜 못 읽을 리는 없고 꼴통일까, 아니면 말더듬이일까, 참으로 알 수 없는 놈이야, 갖가지 추측을 주고받고 있었다.

선생님이 다그치면 다그칠수록 뇌리 속으로 들어온 혼란스러운 생각들이 빠르게 세포분열을 일으키면서 내 몸을 마비시켰다. 머릿속에 부화하지 않은 개구리 알 같은 것들이 가득 찬 기분이었다.

"뭐 이딴 놈이 다 있어! 왜 못 읽는 거야? 떨려서 그러는 거야, 아니면 다른 이유가 있는 거야?"

대답조차 할 수 없었다. 나조차 이 혼란스러움의 정체를 모르니, 무슨 대답을 하겠는가.

"이것 봐라, 대답 안 해!"

뭔가 머리통을 후려갈겼다. 슬리퍼였다. 선생님이 슬리퍼로 계속 나를 내리쳤다.

"어서 대답해 봐. 말을 해야 선생님이 알 거 아냐!"

아무리 윽박질러도 내 입은 열리지 않았다. 선생님은 슬리퍼가 닳도록 때리다가, 그만 앉으라고 소리쳤다. 세상 가장 어둡고 비참한 곳으로 추락한 기분이었다. 국어 시간이 끝나자마자 화장실에 가서 거울 속 나를 꺼내 보았다. 내가 아니었다. 겉으로는 내 모습을 갖추고 있지만, 눈빛이 다르다. 겁에 질리고 불안에 지친 눈빛. 왜, 왜, 왜 내가 이래야 하는지 나 자신도 모르겠다. 모르겠다, 모르겠어. 아!

모든 수업이 뒷갈망되자 어름적어름적 학교를 나섰다. 집에 오자 털썩 무너지면서 맥을 놓아 버렸다. 십 분, 이십 분……. 한 시간가량 그렇게 맥을 놓고 있다가, 몸속에서 뭔가 간절히 갈망하는 것을 느꼈다. 담배가 떠올랐다. 쥐오줌내가 낄낄대는 침침한 사랑방에서 고향 형들의 권유에 굴복하여 한두 번 흉내 내면서 빨아들였던 담배 연기. 내가 그걸 갈망할 줄이야. 어른이 된 뒤 정식으로 피우게 될 줄 알았는데. 에라, 모르겠다.

나는 허겁지겁 거꾸로 신은 신발을 타박하면서 구멍가게로 달음질하여 담배를 사 왔다. 쿨럭쿨럭! 너무 급하게 들이마셨기 때문일까. 계속 기침이 터져 나오고 눈물이 질질질 흐른다. 그러면서도 담배 연기를 삼키고 또 삼킨다. 담배 연기가 마법의 약이었으면 좋겠다. 어질어질. 손으로 벽을 잡으려고 허둥대다가 머리부터 옆으로 쓰러졌다. 졸음이 공격해 왔다. 숙명처럼 눈을 감았다. 그래, 내일이면 달라지겠지. 맞아, 자고 나면 달라질 거야. 나는 그렇게 주억거리며 자꾸 나 자신에게 최면을 걸었다.

탁상시계가 쏙독새, 뻐꾸기, 딱따구리, 개구리 소리까지 연달아 내지른다. 나는 얼굴살을 찌푸리며 눈을 떴다. 허겁지겁 라면을 끓였다. 후루룩후루룩 들이마실 때마다 입 안으로 덩굴째 빨려 드는 라면 올이, 씹을 새도 없이 목구멍으로 미끄럼 타고 내려갔다. 마음이 급해서 이도 닦지 못하고 집을 나선 다음, 부랴부랴 이발소를 찾아 골목쟁이 과일 장수처럼 돌아다녔다. 아직 이른 시간이라 이발소 문들이 모두 닫혀 있었다. 그렇다고 이대로 학교에 갈 엄두도 나지 않았다.

학교로 이어진 길 왼쪽으로 백여 미터 가면 제법 큰 공원이 나오고, 오른쪽으로 이백여 미터 가면 인간이 쓰고 버린 물이

검게 변해서 흘러가는 하천이 나온다. 나는 공원으로 가서 의자에 죽치고 앉아 있다가, 해가 제법 달구어질 즈음에 이발소를 찾아갔다. 오십대 초반의 이발사는 가위로 물어 뜯긴 내 머리를 보고는, 머리가 별로 길지도 않다고 하였다. 이 정도면 군인 머리보다 더 짧으니까, 학교 선생님이 너무 심한 거라고 내 마음을 달래 주었다. 그런 이발사가 고마웠지만 그렇다고 넉살 좋게 대거리할 기분은 아니었다.

이발을 마치자 열한 시가 넘어 버려 학교에 갈 수가 없었다. 어처구니없게도 머리 때문에 입학한 지 사흘 만에 결석을 하고야 말았다.

4

집에 오자마자 어머니 손땀으로 만들어진 핫이불을 뒤집어 썼다. 눈치 볼 사람이 없어도 마음이 홀가분하지 않았다. 지금껏 바쁜 농사철을 제외하고는 결석을 해본 적이 없었다. 개똥만큼이나 몸도 튼실하여 아직껏 고뿔한테 시달려 본 기억이 없을 정도로 건강하던 내가, 고작 머리카락 때문에 결석하다니 기가 막혔다. 어쨌든 따스한 이불이 나를 따뜻하게 품어 주면서, 며칠 동안 놀라고 지친 몸을 푹 쉬게 해 준다. 오랜만에 낮잠 속으로 빠져 들었다.

나는 해질녘에 눈을 뜨고, 부엌 안까지 끼웃거리며 쫑알쫑 알 구걸하는 참새한테 라면 부스러기를 동냥 주었다. 그런 다음 밥을 해 먹고, 영어 책이랑 국어 책을 펼쳤다. 달달 외울 지경이 될 때까지 읽고 또 읽었다. 그래야만 자꾸 도지려고 하는 불안을 못 박을 수 있었다. 오늘따라 천장에 매달린 형광등만으로는 방 안으로 기어드는 어둠을 녹여내기가 힘에 부쳤다. 어둠이 내 가슴까지도 스며드는 느낌을 받자마자 벌떡 몸을 일으켰다.

밖으로 나오자 주인집 뒤란에서 늙어 가는 감나무 휘추리에 작은 손톱달이 앉아 있었다.

나는 그 달을 등에 지고, 아이들의 메아리가 숱하게 숨어 있는 골목길을 내려간다. 불을 켠 차들의 질주가 대낮보다 더 빠르다. 수양버들 가지가 치렁치렁 늘어진 하천 쪽으로 걷다가, 침침한 빛을 토해 내면서 손님을 부르는 포장마차들을 겉대중해 보았다. 포장마차마다 손님들로 북새통이다. 술! 어렸을 적 할아버지 술심부름을 하다가 몰래 술 주전자를 빨아 그 맛을 가늠해 본 적이 있었다. 중학교 때는 동네 형들이 주는 쓰디쓴 소주를 얼결에 받아 마셔 본 적은 있지만 스스로 술을 찾아본 적은 없었다.

포장마차를 곁눈질하다가 나는 무척 당황했다. 처음에는 아무런 생각이 없었는데, 하나 둘씩 포장마차를 지나칠수록 술을 마시고 싶다는 욕망이 강렬하게 솟구쳤기 때문이다. 어제는 담배를 찾고 오늘은 술이라니! 나는 고개를 젓다가, 술 한

잔 한다고 무슨 큰 죄를 짓는 건 아니라고 주억거렸다. 빈 포장
마차가 그런 나를 유혹했다. 맨 끝자리 포장마차. 침침한 불빛
아래에 시래깃국을 잘 끓일 것 같은 복성스러운 주인아주머니
혼자 껌을 딱딱거리며 앉아 있었다. 막상 들어가려고 하니까
용기가 나지 않았다. 마시고 싶다. 지금의 불안한 마음을 달래
줄 수만 있다면 어떤 짓이라도 다 할 수 있을 것 같았다. 나는
십여 분간 망설이다가 포장마차로 들어갔다.

아주머니가 적막한 눈길로 나를 보더니, 아직 여물지 않은
학생임을 대뜸 알아차리고는 반말로 내뱉었다.

"라면 줄까?"

"저기, 저, 저……. 그러니까, 술 좀 마시려고 왔는데요."

주변머리가 없는 나는 더듬거리다가 솔직하게 표현했다.

아주머니는 한동안 나를 겨누어 보았다. 나는 그 눈길을 피
했다. 잠시 껌 씹는 소리가 잦아들더니,

"주기는 주겠는데…… 많이 먹지는 마."

하고 소주 한 병을 주었다.

참 이상한 일이다. 그 때까지는 아무렇지도 않았는데, 막상
술손님으로 대우받자 귀가 멍하고 가슴이 두근거렸다. 넘어서
는 안 될 선을 밟아 버린 기분이랄까. 술잔을 쥔 손이 덜덜 떨
렸다. 나는 아주머니 눈초리를 피해 홀짝홀짝 마셨다. 술맛도
느끼지 못했다. 왜 이렇게 떨리는지 모르겠다. 누가 볼까 봐?
그런 불안이 아니다. 도무지 정체를 파악할 수 없는 불안이다.

나는 소주 한 병을 다 비울 때까지 전혀 취기를 느끼지 못했다. 막상 포장마차를 나오자 다리가 휘청거렸다. 정신이 알딸딸했다. 조금 전까지 긴장되고 불안하던 마음이 풀어지면서 편안해졌다. 아, 학교에서도 이랬으면 좋겠다.

눈을 떠 보니 여덟 시였다. 아침 자습이 시작되는 시간이고, 그 때부터 지각으로 친다. 나는 밥 한술 챙겨 먹지 못하고 뛰쳐나갔다. 헉헉대면서 교문 앞에 도착해 보니, 선도부원들이랑 도라무통 선생님이 지각하는 학생들을 수돗가 앞으로 끌어 모으고 있었다.

"너, 또 걸렸구나, 또 걸렸어! 입학한 지 며칠이라고, 두발 불량에다 오늘은 지각까지 하냐! 어이고, 너 대체 무슨 마음으로 고등학교에 왔니? 엉! 으응! 무슨 마음으로!"

도라무통 선생님이 이번에도 내 귀를 잡아서 엿가락 늘이듯 당겼다. 그런 다음 다른 지각생들이랑 함께 오리걸음으로 운동장을 두 바퀴 돌린 다음에야 교실로 들여보냈다.

따뜻한 음식으로 속을 달래지 못해서 속이 쓰리고 목도 칼칼했다. 나는 아직도 볼에서 젖살이 놀고 있는 짝꿍한테 넌지시 물음표를 던졌다.

"어제 담임 선생님이 뭐라고 안 했냐?"

짝꿍은 처음에는 무슨 뜻인지 몰라 하다가 싱겁게 웃으면서 아예 출석도 부르지 않았다고 얼버무렸다. 맥이 빠졌다. 어제

왜 결석했냐고 담임한테 한바탕 혼날 줄 알았는데, 막상 출석
도 부르지 않았다는 말을 듣자 이상하게도 허탈했다. 나 같은
놈은 결석을 해도 아무런 표도 나지 않는다는 뜻인가. 짝꿍이
더 말하고 싶지 않다는 표정으로 내 눈을 피하는데, 그 이면에
는 재수 없어서 문제아하고 짝이 되었다는 불쾌감과 불안이
뒤섞여 있었다. 어쩌다가 문제아로 부각됐는지 씁쓸했다.

오늘은 오교시까지 아무 일이 없어, 무사히 넘어가나 했더
니 마지막 시간에 독일어 선생님에게 걸려들고 말았다. 독특
하게 바가지 머리를 한 선생님이 내 이름을 부르더니, 조금 전
에 배운 독일어 기본 발음을 해 보라고 했다. 나는 자리에서 일
어서는 순간부터 어지럼증을 느꼈다. 오늘은 더 심하다. 아랫
배까지 슬슬 아파 오고, 오른쪽 귀도 멍하고, 손땀이 나고, 가
슴이 터지도록 방망이질하고…….

내 앞으로 다가온 선생님이,

"방금 배운 것도 못하고, 잤냐? 잤어!"

하며 박달나무 매로 가슴팍이랑 머리를 콕콕 찍어 댔다.

나는 아무런 말도 하지 못했다. 선생님은 매타작 대신 십여
분이나 잔소리 타령을 하였다.

어쨌든 그것이 결정타였다. 나는 독일어 시간이 끝난 줄도
몰랐고, 담임 선생님이 와서 종례를 할 때까지도 아무런 소리
를 듣지 못했다. 모두 나가고 난 뒤에야 비틀비틀 걸어 나왔다.
지금 나는 이시우가 아니라는 결론을 내리고 나서야 움직일

수 있었다. 그러지 않고서는 움직일 수 없었다. 나를 버리고 싶었다. 집에 와서 거울을 본 순간 내가 미워서, 자꾸만 이상한 증세를 드러내는 내가 너무 미워서 애먼 거울을 깨뜨릴 뻔했다.

이제 잠을 자고 나면 괜찮아질 거라는 기대도 허물어졌다. 그래선지 졸음이 오는데도, 막상 눈을 감으면 뭔가 강하게 반발하면서 정신이 말똥말똥해졌다. 나는 샛별이 찬란하게 떠오를 때까지 잠을 이루지 못하다가 딸깍 노루잠에 빠졌고, 탁상시계의 악다구니에 놀라 허둥지둥 일어나서 역시 아침밥도 챙겨 먹지 못하고 학교로 달려갔다.

교문을 보자 다시 가슴이 두근거렸다. 오늘은 또 무슨 꼬투리를 잡힐까. 교문 앞에 선 선도부랑 도라무통 선생님이 나를 노리고 곳곳에다 올가미를 설치해 놓지 않았을까.

나는 도저히 교문으로 들어갈 엄두가 나지 않아서 도둑고양이 걸음으로 담장 근처를 얼쩡거렸다. 체육관 오른쪽에 테니스장이 있다. 나는 그 테니스장의 보호자 노릇을 하고 있는 담을 손으로 잡고, 개구리처럼 두 다리로 모질음을 썼다. 한순간에 내 몸이 날아오르면서 담을 넘어갔다. 그렇게 해서 나는 처음으로 교문이 아닌 곳을 통해 학교 땅을 밟았다.

5

그로부터 한 주일을 묵혀 낸 월요일이었다.

나는 다시 영어 선생님하고 마주 섰다. 선생님이 내 번호를 불렀고, 내가 엉거주춤 일어나자 선생님은 대뜸 알아보았다.

"엉, 너로구나. 자, 오늘은 잘 읽어 봐. 아는 데까지. 천천히…… 몇 자라도 읽어 봐."

선생님은 자상한 목소리로 배려하려고 했지만, 알 수 없는 증세의 포로가 되어 버린 나에게는 아무런 소용이 없었다. 나는 일어서면서부터 모든 걸 포기해 버렸다. 가슴이 뛰면서 답답해지고, 얼굴이 달아오르고, 귀가 멍멍해지고, 어질어질하고, 눈앞이 노랬다. 짝꿍이 자기 책을 내밀며 읽으라고 눈짓했다. 짝꿍은 영어 단어 밑에다 우리말을 달아 놓았다. 나는 그 호의를 거절했다. 한글이냐 영어냐 하는 게 문제가 아니라, 선생님한테 이름만 불리면 내 머릿속이 한순간에 공황 상태가 되어 버리는 게 문제였다. 그걸 어찌 설명하랴. 사실 오늘 배울 곳을 열 번도 더 예습한지라 눈을 감고도 줄줄줄 외울 수 있었다. 그러나 혓바닥은 단어 하나 까불어 내지 못했다. 울먹울먹 낯가림하는 아이에게 과자라도 주는 듯한 표정으로 선생님이 거듭 읽어 보라고 구슬렸다.

나는 고개를 떨구며 내뱉었다.

"못 읽겠습니다."

선생님이 고개를 빳빳하게 세우더니 교탁이 부서지도록 주먹질하였다.

"뭐, 못 읽어! 너, 이리 나와! 당장 튀어나와!"

선생님이 출석부로 내 머리통을 분이 풀릴 때까지 내리쳤다.

"야, 이놈아, 나 같으면 읽는 흉내라도 내겠다. 어떻게 생겨 먹은 놈이기에, 단 한 자도 모른다고……. 뭐, 못 읽겠습니다? 이런 꼴통이 다 있나? 나 참, 입학한 지 얼마나 되었다고 벌써 부터 포기하는 거야! 뭣 때문에 고등학교에 왔냐! 어, 입 달렸 으니까 말 좀 해 봐라, 엉!"

영어 선생님은 양복 윗옷까지 벗어 놓고는 몽둥이를 들었 다. 겁이 났다. 선생님한테 내 뒤를 맡겼다는 사실이, 아무런 방어를 할 수 없는 뒤쪽을 내밀었다는 사실이 더욱 비참했다. 선생님이 손바닥에다 침을 뱉었다. 뭔가 결판을 내겠다는 눈 빛이었다.

선생님이 온 힘을 몽둥이에 실어서 내리쳤다. 지난번하고는 달랐다. 나는 입 안에서 으깨어져 나오는 비명 소리를 막으려 고 입술을 깨물었다. 아홉, 열, 열하나, 열둘, 열셋! 열 대가 넘 어갈 때만 해도 스무 대 정도면 끝날 거라고 생각했다. 선생님 은 그런 나를 비웃으면서 계속 몽둥이를 휘둘렀다. 스물다섯, 스물여섯, 스물일곱! 그쯤 되자 모든 걸 포기하고 싶었다. 죽 여라! 차라리 죽여라, 죽여! 마음속으로, 줄에 묶인 채 호랑이 를 만난 강아지처럼 맹렬하게 부르짖었다.

선생님은 서른아홉 만에 매를 멈췄다. 어쩌면 내 계산이 틀 렸는지 모른다. 그 때까지 나는 지독하게 버티었고, 멀쩡하게 살아 있는 나를 확인하면서, 바보 같은 나를 원망해야 할지 아니면 대견하다고 해야 할지 몰라 쓴웃음을 지었다.

"어서 들어가, 이 자식아!"

선생님이 발로 엉덩이를 걷어차는 순간 중심이 무너지면서 쓰러졌다. 하마터면 얼굴을 교실 바닥에 찧을 뻔했다. 나는 애벌레의 몸짓으로 꼼지락거리면서 얼굴을 들었다. 아이들이 모두 나에게 눈길을 던지고 있었다. 지금까지는 그런 눈길을 맞받아치지 못했지만, 오늘은 달랐다. 나도 모르게 아이들을 쩨려보았다.

나랑 눈이 마주친 아이들이 눈빛을 거둬들였다. 나는 괜히 화풀이하듯이 모든 아이들을 훑어보았다. 그러자 이상하게도 마음이 편해진다. 제기랄! 내가 왜 이렇게 변해 가는지 모르겠다. 실컷 두들겨 맞고서야 마음속 물결이 잔잔해지다니. 조금도 떨리지 않고, 얼굴도 달아오르지 않고, 눈앞이 노래지지도 않는다. 이런 기분을 평상시에 가질 수만 있다면 얼마나 좋을까. 이것이 이시우 본래의 모습이라고 항변하고 싶다. 그렇다, 이게 내 모습이다. 참 더럽게도 이렇게 엉덩이 살이 피와 멍울로 범벅이 되도록 호되게 매타작을 당한 뒤에야 내 모습을 찾을 수 있었다.

나는 한껏 뜸을 들이며 모든 아이들을 노려보았고, 일부러 시위하듯이 교실을 빙 돌아서 내 자리로 돌아왔다. 자리에 앉자 마음이 편안했다. 뭔가 할 일을 한 기분이다, 더럽게도.

6

　다음 날도 매를 맞았고, 그다음 날은 두 시간이나 연달아 매타작을 당했다. 선생님들이 나를 부르는 순간 모든 걸 포기해 버렸고, 매를 맞고 나서야 비로소 편안함을 맛보았다. 만약 내 이름이 불리지 않으면 수업 시간이 끝날 때까지 가슴 졸이며 초조하게 발을 떨었다. 이제 매 맞는 노릇도 창피하지 않았다. 오히려 뻔뻔하게 아이들 얼굴을 째려보는 건방진 버릇까지 키우게 되었다. 엉덩이부터 장딴지까지의 살은 피와 멍울이 으르렁거리는, 무슨 전쟁터 같았다.

　그런 나에게 친구가 있을 리 없었다. 학교에 오면 의자에 달라붙어 꼼짝도 하지 않았다. 아무도 나를 건드리지 않았다. 아이들 사이에서 나라는 존재는 아주 별난 놈으로 뿌리내려 있었다. 내가 원한 바는 아니지만 별나다는 게 그다지 나쁘지 않았다. 나는 고슴도치처럼 몸을 웅크리고 절대로 속마음을 드러내지 않았다.

　저 자식 종아리는 멀쩡한지 몰라. 아마 매 맞기 대회가 있다면 금메달은 따논 당상인데. 아무튼 저렇게 매 잘 맞는 놈은 처음이야. 독종이야. 그렇게 맞아도 한 번도 꼬꾸라지지 않고 버티는 걸 보면 보통 독종이 아니야. 아무튼 별난 놈이야. 알 수가 없어.

　우리 반 아이들이 가끔씩 나를 이야깃거리 삼아서 그렇게 씨부렁거린다는 것쯤이야 알고 있지만, 그러거나 말거나 나를 해코지하지 않는 한 일절 대응하지 않았다. 다만 누구든 나를 건드리기만 하면, 죽기를 각오하고 들이받겠다고 마음먹은 지 오래였다. 따돌림당해도 상관없다. 따돌림 따위는 전혀 두렵지 않다.

한 가지 다행스러운 건, 선도부원들하고 도라무통 선생님이랑 실랑이하는 일이 없어졌다는 사실이다. 나는 이제 그들이 나오기 전에 새벽밥을 먹고 학교에 갔으며, 가끔 탁상시계 소리를 듣지 못해 늦게 일어나면 아예 결석을 해 버렸다. 그래도 담임 선생님이 한 번도 타박하지 않았으니 얼마나 무관심한지 알 수 있었다. 그런 선생님이 오히려 고마웠다. 물론 그렇게 생각하는 사람은 나뿐이었다. 학생들 사이에서는 담임 선생님이 벌써 잘렸어야 하는데, 재단 이사장의 가까운 일가라서 남아 있다는 등 별별 소문이 꼬리를 물었다.

7

손이 헤픈 벚나무가 가지마다 푸지게 꽃잔치를 벌이던 사월 첫 번째 토요일.

나는 새삼 이 세상 푸른 것들한테 박수갈채를 받으며 떠올라 있는 해를 올려다보았다. 바야흐로 봄이 폭발할 것처럼 바글바글 끓고 있는데, 오직 나 혼자만 불안하고 초조한 기색으로 겨울의 그늘 속에서 빠져나오지 못하고 있었다. 춥다. 몸이 떨린다. 서름서름해진 눈으로 꽃을 보아도 제대로 느낄 수 없다. 눈은 떴으나 봉사나 다름없다. 귀와 코도 열렸지만 바람 소리 하나 받아들이지 못한다. 그야말로 몸은 오감을 상실해 버린 먹통이다.

그런 내가 고향에 가려고 나서자 그제야 오감이 열리면서, 저 봄볕이랑 저 봄꽃들이 하나 둘씩 눈과 귀와 코로 들어왔다. 지난 한 달간을 어찌 살았는지, 이 잔인한 봄을 어찌해야만 할지, 나로서는 그저 몸을 으스스 떨 뿐이었다.

나를 태운 시외버스가 도시를 빠져나갔다. 이내 아이들이 떼굴떼굴 뒹굴며 놀기 좋은 요람 같은 야트막한 산허리며 발 좋은 사람들을 숱하게 길러 냈음 직하게 격이 높은 산들이 눈에 들어왔다. 얕은 산허리를 타 넘은 진달래들이 점점 높은 산 쪽으로 품을 들이며 연분홍 꽃무늬로 도배를 하고 있다. 뭔가 내 몸속에서 꿈틀거림이 감지되었다. 그 동안 억눌리고 꽁꽁 묶여 있었던 뭔가가 내 정수리에서 꿈틀꿈틀, 애절하게 몸부림치고 있었다. 내 본래의 모습들이 이제야 비로소 풀려나면서 뛰고, 달리고, 떠들고 싶어했다.

시외버스에서 내리자마자 훅 끼쳐 오는 그리운 냄새들이 온몸으로 파고들었다. 어머니랑 동갑내기인 이웃집 아주머니가 나를 보자마자,

"아이고, 시우가 공부하느라고 얼굴이 누리끼리허고 빼빼 말랐구먼."

살가운 인사를 하면서 늙은 수양버들 나무 껍데기 닮은 손을 내 손에다 포갰다.

나는 마주치는 마을 어른들 눈을 쉽게 마주 보지 못했고, 내 소식을 귀동냥하여 모여든 고향 친구들 앞에서도 자꾸만 허둥거렸다. 고향 친구들은 은근히 내 앞에서 부러움을 드러냈다.

"시우야, 너라도 열심히 공부해라. 우리들 중에서는 니가 가장 싹수 있잖아! 판검사 아니면 외교관 쪽으로 크게 생각해라."

그야말로 가시 방석에 앉아 있는 기분이었다. 지금 내 꼬락서니를 안다면 고향 친구들이 뭐라고 할까. 나는 오히려 읍내에서 실업계 고등학교 다니는 고향 친구들이 부러웠다. 그들에게 내 처지를 하소연하고 싶지만, 이내 고개를 흔들고 말았다. 나는 그들 앞에서도 당당하게 서 있을 수 없는 존재가 되어 있었다.

누렁이를 앞세우고 산밭에서 내려온 어머니는 대뜸 얼굴이 너무 못쓰겠다고 침울하게 첫마디를 뱉어 냈다. 어머니는 흙 내가 풀풀 나는 손으로 내 얼굴을 문질러 보면서, 하숙을 시키지 못하는 당신의 한계를 타령조로 원망하고 한탄했다.

"가시내도 아니고 머시매가 오죽할 것이냐! 그래도 끼니를 거르면 안 돼. 몸이 곯아 버리면 나중에 아무것도 못해야. 공부도 다 소용없으니까, 한사코 챙겨 먹어라."

어머니한테 너무 미안했다. 어머니는 꼬박 이틀을 배앓이하

다 세상으로 내놓은 막내아들의 초췌한 얼굴을 맥 짚는 순간
부터 눈빛이 달라졌고, 곧바로 오리 알을 열 개도 넘게 쪄 왔
다. 나는 마루에 앉아 제비들이 숱하게 대물림하면서 살다 간
제비집을 올려다보며 팍팍한 오리 알을 씹어 삼켰다. 이제 어
머니 혼자 지키고 있는 우리 집보다, 처마 밑에 세 들어 사는
제비집이 더 안정되어 보였다.

어머니가 이내 오리의 숨을 끊었다. 나는 뱃속에다 우겨 넣
은 오리 알이 소화되기도 전에 오리 고기를 뜯어 먹었다. 오늘
만큼은 어머니 뜻대로 해 주고 싶었다. 나는 어머니가 원하는
만큼 오리 고기를 먹은 다음 뒷간에 가서 주르륵 설사를 해 버
렸다. 안타까운 일이었다. 날마다 두 끼를 넘겨 먹어 본 적이
없으며 그나마 한 끼는 라면이거나 빵이었으니, 갑자기 들이
닥친 기름진 음식을 내 위장은 감당하지 못하고 맨 하류 쪽으
로 그냥 방류하기에 급급했다. 나는 어머니 몰래 세 번이나 뒷
간에 가서, 그 날 먹은 음식들을 구물구물하는 구더기들에게
공짜로 이바지하고야 말았다. 그러고 마당으로 나오니, 대나
무 숲 우듬지 너머로 동그란 달이 불쑥 솟아오른다. 아, 동무
같은 달이다.

나는 깊은 잠에 들었다가 새벽녘에 눈을 떴다. 어머니가 옆
에 앉아 있었다. 어머니가 껄껄한 손바닥으로 내 종아리를 어
루만지고 있었다. 순간 얼른 발을 끌어당기고 싶었지만, 그런

다고 피멍 든 곳을 감출 수는 없었다. 나는 살짝 몸을 옆으로 비틀었을 뿐 더는 꼼지락거리지도 못했다. 어머니는 다시금 피멍 든 내 종아리를 이리저리 어루만진 다음, 윗목에 걸린 아버지 사진을 올려다보았다. 당신도 매질 한 번 해 본 적이 없는 막내아들의 순결한 땅이 처참하게 유린당한 꼴을 보고는, 차마 어떻게 표현할 길이 없어 먼저 저승으로 떠나 버린 남편에게 하소연하는 것으로, 그 슬프고도 잔인한 흔적을 잊으려고 애를 썼다. 나는 몇 번이나 샛눈을 떴다 감았다 하다가, 먼 기억 속에서 타오르는 울음을 참아 내면서 어둠이 어서 풀리기만을 얼마나 바랐는지 모른다.

잠시 후 어머니가 잠깐 잠이 드시고, 나는 그 틈을 타서 밖으로 나왔다. 짙은 안개 속에서 개구리들이 한바탕 군무를 추고 있었다. 나는 텃논으로 가서, 어릴 적 동무 같은 개구리들을 보았다. 작년까지만 해도 숱하게 내 발에 밟히고, 내가 휘두른 개구리채에 맞아서 죽어 간 그 하찮은 것들이, 오늘은 나와 똑같은 무게를 가진 생명으로 다가왔다.

새삼 개구리의 삶을 반추해 본다. 저렇게 알을 낳으면 햇볕에 데워진 물이 알을 깨어나게 할 것이고, 그 물에서 올챙이들이 성장해서 뒷발이 나오고 앞발이 나온다. 그 때부터 올챙이는 틈만 나면 물 밖으로 나가서, 자신이 살아갈 물 밖 세상에 적응하기 위한 훈련을 한다. 긴 꼬리가 점점 짧아지고 어느 날 완벽하게 개구리로 변한 다음에야 완전히 물 밖으로 나오는

데, 그렇게 개구리가 된 뒤에도 한동안은 물가에서 살아간다.

물에서 살다가 물 밖으로 나가 사는 개구리도 그런 과정을 거치는데, 나라는 사람은 농촌에서 도시로 가는 데 아무런 과정도 거치지 않았다. 어느 날 갑자기 도시로 이주하니까, 마치 물속에서 살다가 갑자기 물 밖으로 나온 것처럼 도시에 적응하지 못하고 허둥대는 것은 아닌지. 나는 개구리를 보면서 그런 생각을 하였다.

아침을 먹자마자 헛간 구석에서 외롭게 녹슬어 가던 자전거를 깨끗하게 목욕시키고, 그 동안 가고 싶었던 곳으로 자전거를 타고 달렸다. 윗마을, 아랫마을, 들길, 산길을 돌아다니면서, 제발 내가 앓고 있는 이상한 병이 치유되기만을 간절히 소원했다.

나는 자전거를 가져가기로 했다. 이백 리가 넘는 길이라 어머니가 힘들다고 만류했지만, 입 가득 웃음을 고봉으로 퍼 올리면서 광주에서 꼭 필요하다고 말했다. 어머니는 더 이상 말리지 않고, 공부보다 몸이 중요하니까 몸단속 잘하라는 말을 귀에 못이 박히도록 되풀이했다. 그러면서 몸뻬 바지에서 이리저리 겹쳐진, 당신의 손때 묻은 돈을 꺼내 쥐여 주었다. 차라리 매 맞지 말고 공부 좀 잘하라고 한마디만 꾸짖었더라면 마음이 이렇게 아프지 않았을 텐데. 어머니는 끝내 그런 말은 풀어 놓지 않았다.

나는 어머니의 배웅을 뒤로 하고, 산을 타고 넘는 진달래 꽃

길을 따라 자전거를 다그쳐 갔다. 어머니 모습이 보이지 않을 즈음에야 숨을 고르며 멈춰서 돈을 다시 헤아렸고, 그것이 봄날 내내 남의 딸기밭이나 양파밭에 품팔이꾼으로 에돌면서 모아 놓은 돈임을 쉽게 짐작할 수 있었다.

자전거를 몰아 광주로 돌아오자 어둠이 잔잔하게 들어찼다. 다시는 이런 비참한 모습으로 고향에 내려가지 않겠다고 희미하게 떠오르는 별들에게 맹세를 하였다. 자전거를 부엌에다 들여놓자 혼자라는 외로움이 한풀 꺾였다. 그러나 잠이 오지 않았다. 집 밖으로 나오자 나 말고도 이 평온한 밤에 편안하게 잠들지 못하는 사람들 모습을 쉽게 볼 수 있었다. 도시란 천성적으로 사람들을 잠 못 이루게 하는 습성이 있는 모양이다.

방에 돌아와서 영어 책을 펼치자 불안한 마음이 다시 깃발을 흔들며 되살아났다. 나랑 익숙한 것들이, 나를 길러 내 준 햇빛이랑 바람이 나를 치유해 줄 거라고 믿었는데, 내 몸은 변한 게 없었다. 어떻게 해야 예전 내 모습을 찾을 수 있을까. 길거리에서 좌판이라도 벌이고 앉아 "제발 나를 사 가세요!" 하고 지금의 나를 팔아 버려야 할까. 정말 병일까. 그렇다면 무슨 병? 어디가 아픈 거지? 아, 모르겠다. 이럴 때는 외골수로 '할 수 있다'는 생각만 북돋아 주어야 하건만, 나는 온갖 불길한 상상만 모닥불처럼 피워 내고 있었다.

유리창 안에 갇혀서 나갈 곳을 찾지 못해 허둥대는 나방의 팔락거림처럼, 나는 다시 일어나서 방 안을 서성거렸다. 그런 내 눈에 공책 한 권이 들어왔다. 순간 뭔가 쓰고 싶은 욕망이 꿈틀거렸다. 말하고 싶다. 지금 봄이라는 무대에 출연한 작은 풀들처럼 자기만의 색깔을 드러내고, 나무들처럼 생각의 이파리를 활발하게 내밀고 싶다. 하고 싶은 게 많다. 죽도록 공부도 해 보고 싶고, 친구들이랑 신나게 놀고도 싶고, 여학생들이랑 미팅도 하고 싶고……. 그런데, 그런데 아무것도 할 수 없다. 은연중에 손에는 볼펜이 쥐어졌고, 나는 생각나는 대로 일기 장을 채우기 시작했다.

내가 미쳤나? 그럼 정신병원에 가야 하잖아. 거기 가면 다시 못 나오게 감금한다고 하던데, 그건 싫어. 난 갇히는 건 싫어. 자유로운 게 좋아. 그렇지만 너무 힘들어. 하루하루가 힘들어. 나를 포기하고 싶어. 나를 지켜 낼 자신이 없어. 학교가 무서워. 끔찍해. 날마다 얻어맞고, 손가락질당하고……. 저놈이 왜 저럴까, 하고 내 처지에서 생각해 주는 선생님이 있었으면…….
아, 차라리 동물원의 동물이라면, 차라리 개라면 좋겠다.
진짜 힘든 것은 내 몸을 내 마음대로 할 수 없다는 것이다. 내 생각대로 할 수 없다는 것이다. 너무너무 힘들다! 내 몸이 버티어 낼 수 없을 만큼, 내 몸속에 있는 창자랑 간이랑 콩팥이 터져 나오려고 할 정도로 힘들다.
빌어먹을, 에이 빌어먹을!

8

사월은 찬란하게 눈이 부시건만 나는 외톨박이다. 그러면서도 그 누구보다 눈에 띄었고, 가장 매를 많이 맞는 미련한 놈이었다. 이럴 때 도움을 청할 수 있는 사람이 있다면 얼마나 좋을까. 주위에는 내 말소리 하나 귀담아들어 줄 그 누구도 존재하지 않았다. 그만큼 철저하게 고립되어 있었다. 이 실타래를 어디서부터 풀어야 할까. 궁리 끝에 담임 선생님을 떠올렸다. 지금 내가 처해 있는 상황을 솔직하게 고백하고 도움을 청할 작정이었다.

'선생님, 부탁입니다. 다른 교과 선생님들에게 잘 말씀드려 주십시오. 몇 달간만 저를 가만히 내버려 두었으면 좋겠습니다. 그럼 벗어날 수 있을 것 같습니다. 선생님들이 제 이름을 부르기만 하면 눈앞이 노래지고 아예 글씨가 보이지 않습니다. 머리도 아프고, 어지럽고, 귀도 멍하고……. 저도 모르겠습니다, 왜 이렇게 되어 버렸는지. 선생님, 도와주십시오…….'

선생님이 도와주겠지. 학생이 와서 도와 달라고 하는데 모른 체할 선생님이 어디 있겠는가. 나는 그런 생각을 깨끗하게 일어서 머릿속에다 안치고 학교에 갔다. 오늘도 내가 일등으로 학교에 왔다. 나는 일부러 교탁 앞에도 서 보고, 칠판 앞에도 서 보고, 책상과 의자를 하나하나 헤아리면서 천천히 내 자리로 갔다. 그리고 일기장을 꺼내서 끼적거렸다.

여덟 시를 넘기자 학생들이 교실 가득 들어찼다. 여덟 시 십 분쯤이었다. 갑자기 유령 선생님 목소리가 울려 퍼졌다.

"너, 일어나!"

소리 없이 다닌다고 해서 '유령'이라는 별명이 붙은 교감 선생님은 슬리퍼를 신고 다녀도 아무런 소리가 나지 않는다. 깡마른 유령 선생님이 세월이 쟁기질을 해 놓고 간 주름 골을 더욱 깊게 밀어 올리면서, 내 뒤에 앉은 정태한테 일어나라고 소리쳤다.

정태는 노골적으로 자신을 드러내지 않았으나, 우리 반에서 가장 반항아다운 눈빛을 가진 놈이다. 어딘지 쓸쓸하고, 비웃음으로 가득 찬 눈빛. 나 못지않게 웅크리고서 다른 친구들하고도 말 물꼬를 트지 않았다. 정태 책상에는 성인 잡지 한 권이 놓여 있었다. 발가벗은 여자의 사진이 눈에 들어왔다.

유령 선생님이 그 잡지를 둘둘 말아서 정태의 머리통을 톡톡톡 내리쳤다.

"아침 자습 시간에 선생님이 이걸 보라고 했니? 이런 걸 학교에 가져오라고 했어?"

유령 선생님이 반장을 부르더니 우리 반 전체를 운동장 구령대 앞에 모이게 하라고 지시를 내렸다. 여기저기서 투덜거리는 소리가 나왔다. 유령 선생님은 평소 단체 기합을 잘 주기로 유명하다. 학생 개인의 잘못으로 치부하기보다는 반 전체의 문제로 몰면서, 서로 돕고 함께 나아가자는 말을 단골로 삼았다.

정태는 다른 아이들이 보는데도 고개를 숙이지 않고, 오히려 구시렁거리는 아이들을 도발적으로 쏘아보면서 자기를 탓하지 말고 유령 선생님을 욕하라는 식으로 복도에다 침을 뱉었다.

유령 선생님은 이미 구령대 앞에 나와 있었다. 우리는 구령대 앞에서부터 쪼그려 앉아서 오리걸음으로 운동장을 열 바퀴나 돈 다음, 십 분 동안 유령 선생님의 훈시를 듣고서야 교실로 돌아올 수 있었다.

교실에 들어오자마자 반장이 정태한테 다가왔다.

"야, 다른 친구들한테 피해가 되는 일은 하지 말자. 아침부터 이게 뭐냐!"

"미안하다."

정태는 미안하다는 표정을 일구지 않은 채, 그저 흉내만 내듯이 낮게 말했다.

그게 전부였다. 몇몇 아이들이 노골적으로 불평불만을 늘어놓았지만 정태도 더는 눈초리를 휘두르지 않았다.

나는 묘하게도 그런 정태한테 다가가고 싶었지만, 부모님에게 잘 수발받아 온 양 곱고 흰 얼굴 때문에 망설였다. 그놈은 나와 달리 제법 있어 보인다. 그냥 느낌이 그렇다. 정태는 담임 선생님한테 불려 나갈 때도 결코 비굴하게 죄지은 표정을 드러내지 않고 당당했다. 나는 그런 깡다구가 부러웠다.

담임은 유령 선생님한테 꼬투리 잡히는 게 가장 싫다면서, 제발 학교에 와서는 허튼짓 좀 하지 말라고 부탁했다. 눈빛은

제법 날이 서 있었으나 목소리에는 우리를 위협할 만한 힘이
없었다.

　나는 종례가 끝나자마자 조금 뜸을 들이다가 교무실로 갔
다. 담임을 찾으려고 이리저리 고개를 돌렸다. 키 작은 여선생
님이 덧니를 드러내면서 누굴 찾아왔냐고 물었다. 나는 더듬
더듬 대답했다. 여선생님이 테니스장에 가 보라고 친절하게
일러 주었다.
　테니스장에서는 여러 선생님이 힘차게 움직이고 있었다. 그
중 담임이 단연 돋보였다. 우리를 가르칠 때와는 달리 목소리
도 짜랑짜랑 철심이 들어 있어서 힘이 넘치고, 정지된 상태에
서 날아오는 공을 쫓아 움직이는 몸놀림은 고양잇과 동물들의
몸짓을 닮았다고 해도 지나친 찬사가 아니었다.
　나는 입을 딱 벌린 채 담임의 몸놀림에 푹 빠졌고, 그냥 그
렇게 서서 운동이 끝날 때까지 기다렸다. 햇살이 점점 스러지
고 있었다. 담임이 흥건하게 흘러내리는 땀줄기를 수건으로
받아 내면서 걸어 나왔다. 나는 주춤주춤 가서 선생님을 불렀
다. 선생님은 뒤돌아보지 않았다. 다른 선생님이 고개를 돌렸
다. 이번에는 조금 더 크게 불렀다. 그제야 뒤돌아보았다.
　"누구? 나?"
　"선생니임!"
　내 목소리에는 간절함이 깃들여 있었다.

“그래, 나 불렀냐?”

“예, 선생님.”

선생님은 나를 알아보지 못했다. 아마 눈이 나쁜 모양이다.

“선생님, 저 이시웁니다!”

“누구?”

“일학년 삼반 이시웁니다!”

내가 두벌 소리친 뒤에야 선생님이 고개를 끄덕였다.

“그래, 어쩐 일이냐?”

“선생님께 드릴 말씀이 있어서요.”

“그래, 그럼 여기서 잠깐만 기다려라. 선생님 교무실에 갔다
가 올 테니까.”

나는 그런 선생님이 너무도 고마웠고, 왜 지금까지 담임을
찾지 않고 끙끙거리고 있었나, 하고 자책했다.

풀밭에서는 참새들이 까불까불 놀다가 날아가고, 운동장에
서 어우렁더우렁 공놀이하던 아이들도 흩어지고, 테니스장 뒤
편에 우뚝 솟은 은행나무 둥지로 돌아가는 까치들만이 까닥까
닥 떠벌리고 있었다. 벌써 한 시간이 지났다. 이상하다. 왜 안
오시는 걸까? 혹시 잊으셨나?

나는 다시 교무실로 갔다. 선생님 자리가 비어 있었다. 아까
그 여선생님이 나를 보았다.

“너 또 왔구나. 아까 퇴근하셨는데……”

순간 주저앉고 싶었다. 결코 쉽게 찾아온 게 아니었는데, 선

생님은 너무도 쉽게 나를 잊어버렸다. 서운함이 절망으로 부풀어 오르면서, 온갖 우울한 생각들이 머릿속에 주렁주렁 매달리기 시작했다. 아무리 머리를 흔들어도 그 동안 머릿속을 점령해 버린 우울하고 절망적인 생각들은 떨어져 나가지 않았다.

그 날 집에 오면서, 처음으로 교복을 입은 채 담배를 입에 물었다.

9

다음 날 담임은 나를 보고도 아무런 언급이 없었다. 어제 일을 깡그리 까먹은 모양이었다. 나는 다시 종례가 끝나자마자 교무실로 갔는데, 역시 선생님은 보이지 않았다. 오늘은 무슨 일이 있어도 선생님을 만나서, 이 절박한 마음을 털어놓아야겠다고 입술을 깨물었다. 나는 테니스장 쪽으로 재게 발을 놀렸다.

테니스장 앞에서 도라무통 선생님이 해를 등지고 어기적어기적 걸어왔다. 나는 어색하게 인사하면서 고개를 돌렸다.

도라무통 선생님이 약간 바보스럽게 잇몸을 드러내며 웃더니 죽도를 내 앞에다 쿡 찍었다.

"이시우! 너 요새 좀 안 보여서 정신 차렸나 했더니, 누가 실내화를 끌고 여기까지 나오래? 실내화가 운동화니, 운동화야, 운동화냐고!"

나는 얼른 신발주머니에서 운동화를 꺼냈다. 담임을 만나야 한다는 생각에 몰두하다 보니 신발을 갈아 신는 것도 까먹어 버렸다.

도라무통 선생님이 죽도로 내 어깻죽지를 내리치더니 불쑥 손을 내밀어서 가방을 낚아챘다.

"가방 좀 보자."

기분이 상했지만 거부할 수 없었다.

도라무통 선생님이 가방을 열어서 여기저기 들여다보았다.

"가방 좀 깨끗하게 정리해서 다녀라. 어이구, 소 마구간이 네, 소 마구간이야. 가방이 이렇게 지저분한데 어디 마음이 맑아지겠니? 공부가 되겠어?"

기어이 내 목에다 올가미를 씌운 다음 이리저리 조여 댔다. 숨이 막혔다. 도라무통이랑 전생에 원수였을까. 왜, 왜 나를 이렇게 못살게 하는 걸까. 나는 반항하고 싶은 마음을 간신히 달랬다. 가방이 잘 정리되어 있었으면 다른 꼬투리를 잡았을 거다. 나는 그렇게 새김질하면서 힘없이 운동장을 가로질러 갔다. 테니스를 치는 선생님들의 소리가 들렸으나 뒤돌아보고 싶지 않았다.

이제 거의 모든 선생님들이 나를 꼴통으로 치부해 버렸다. 독일어 선생님은 아예 나를 부르지도 않았으며, 수학 선생님은 내 이름을 불러 놓고 얼굴을 마주하면 "어, 너야? 그냥 앉아!” 하고 나 같은 놈 때문에 수업 망치기 싫다는 표정을 지었고, 국어 선생님은 “어이고, 정신 좀 차려라, 정신 좀…….” 하는 말만 되풀이했다. 오직 영어 선생님만이 줄기차게 매를 들었다.

절망의 뿌리는 점점 굵어지면서 몸속 구석구석으로 세력을 넓혀 가고 있었다. 내 머릿속 생각들이 남새밭 채소들처럼 푸르러질 날을 기대한다는 건 아무래도, 아무래도 요원해 보였다. 뼛속이 녹아들 만큼 진지하게 고민하면서 밤을 새워 봐도 끝이 보이지 않았다. 오직 일기장에서만 정상적인 이시우가 되어서 하늘을 보고, 땅도 보고, 친구도 사귀고, 웃고 떠들었다. 나는 교실에서도 일기를 썼다. 하루에도 몇 번씩 일기를 썼고, 몇 시간 동안 계속 쓰기도 했다. 예전에는 뭔가 쓰려고 하면 머리에서 쥐가 났는데, 이제는 글을 쓰면 누군가에게 마음속 응어리를 풀어 놓듯이 편안해졌다.

봄이 무르익을 대로 익어 버려, 사랑앓이하는 이들의 가슴이 터져 버릴 것 같은 사월 중순 어느 날이었다. 갑자기 찬 바람이 불어 닥쳐 성깔을 부리자 신명나게 따스함을 뿌리던 햇볕이 엄살떨면서 구름 새로 숨었다. 학교 화단에서 꽃망울을 흠뻑 터뜨리던 봄꽃들이 어쩔 줄 몰라 하였다. 나는 매점에서 빵으로 허기를 땜질하고 나오다가 으스스 몸을 떨었다. 꽃샘추위를 반겨야 할지, 쩔쩔매는 봄꽃들을 위로해야 할지 판단이 서지 않았다.

그러고 있는데 정태가 와서 낮게 속삭였다.

"야, 한 대 빨려면 따라와."

정태하고는 아직까지 말 한마디 나눈 적이 없지만 낯설지 않았다. 그래서일까, 나는 망설임 없이 따라갔다. 정태는 우리 반에서 가장 남자다운 얼굴을 갖고 있었다. 그런 놈이 늘 제 아버지 상이라도 당한 듯한 슬픈 표정에, 불만에 가득 찬 눈빛을 담고 다닌다. 참 알 수 없는 놈이다.

학교 건물 뒤쪽에는 제법 큰 창고가 있다. 쓰다 버린 합판이랑 각목 따위가 텃세 부리는 창고 뒤에는 십여 명이 족히 들어가고도 남을 만한 틈이 있다. 땅바닥에는 담배꽁초가 수북했다. 다시 햇볕이 내려왔지만 기분 나쁘게 쌀쌀했다. 대여섯 명의 학생들이 담배를 피우다가 우리를 보고는 약간 놀란 표정을 짓더니, 도로 얼굴 표정을 풀면서 담배 연기를 들이마셨다. 모두 일학년들이다.

나도 얼른 담배를 피워 물고는, 다른 사람들보다 더 힘껏 빨아들여서 연기와 함께 방귀가 나올 정도로 깊이깊이 가라앉혔다. 거기에 모인 이들과 나 사이에 묘한 동지의식이 싹트는 기분이었다. 그런 기분을 맛보는 게 그리 나쁘지 않았다. 그 동안 나는 늘 웅크리고만 있었고, 혼자라는 강박에서 헤어나질 못했다. 잠시만이라도 나랑 동지의식을 느끼는 이들이 있다는 사실 자체가 기분이 좋았다. 그런 기분을 오래 즐기지는 못했다. 학교의 온갖 허드렛일을 도맡아 하는 박 주사 아저씨가 터벅터벅 걸어와서 삿대질을 하였다.

"이놈들아, 거기가 너희들 사랑방이냐!"

이런 일을 겪어 본 치들은 재빠르게 담배꽁초를 담 밖으로 날리고 달아났지만, 정태랑 몇몇 애들은 간섭하지 말고 당신 일이나 하라고 오히려 박 주사를 째려보았다. 박 주사는 더 지청구를 늘어놓지 않고 사라졌으나, 마침 근처를 지나가던 양철판 선생님이 다가왔다. 머지않아 불혹의 고지에 오르게 되는 노처녀 지리 선생님은 따발총처럼 입싸게 말하는 게 특기였는데, 꼭 양철판 긁어 대는 소리만큼 요란하다 하여 그런 별명이 붙었다. 양철판 선생님은 남자 선생님 못지않게 남학생들을 능숙하게 부렸다.

"어쭈! 턱주가리에 난 뽀시시한 솜털 갈이도 하지 않은 놈들이……. 이리 나와!"

또 걸렸구나, 하는 생각이 드는 순간 어서 달아나야 한다고 나를 타박했으나, 정태를 보자 그런 마음이 싹 달아났다. 정태는 나보다 더 능장을 부리면서 나왔다.

양철판 선생님이 우리를 나란히 세웠다.

"일학년들이구나. 입학한 지 얼마나 됐다고 벌써부터 이러니?"

양철판 선생님은 폼 잡고 한바탕 훈계를 한 다음 풀어 줄 계산이었는데, 정태가 그만 "흐억!" 하고 묘한 소리를 내지르자

분위기가 달라졌다. 그냥 단순하게 숨을 들이키는 소리였다. 하지만 양철판 선생님은 정태가 반항해서 비꼬는 소리라고 단정 지은 모양이었다. 정말 눈 깜짝할 새 양철판 선생님의 손바닥이 정태 얼굴을 스쳐 갔다. 정태는 조금도 두려움 없이 눈동자를 굴리면서 양철판 선생님을 노려보았다. 양철판 선생님이 모두 꿇어앉으라고 윽박질렀다. 쉽게 일을 깡그릴 수 있었는데 묘하게도 꼬여 가고 있었다.

썩은 쥐 냄새를 맡고 날아오는 쉬파리처럼 도라무통 선생님이 어기적어기적 걸어왔다. 양철판 선생님은 도라무통 선생님한테 수다스럽게 상황을 설명하고는, 강동강동 뛰어서 교실 쪽으로 사라졌다.

도라무통 선생님이 우리 얼굴을 하나씩 훑어보았다.

"이시우, 또 너야? 어째 너는 빠지는 데가 없냐! 너, 경고하는데, 앞으로 나한테 한 번만 더 걸리면 학교 징계위원회에 회부한다. 알았어? 알았냐고, 인마!"

나는 징계위원회라는 말을 듣는 순간부터 얼떨떨했다.

도라무통 선생님이 우리 이름을 적은 다음, 두 손을 들어 올리게 하였다. 그런 다음 몸수색을 하였다. 교복 위부터 아래 주머니들, 주머니가 없는 사타구니. 게다가 운동화까지 벗겼다. 학생들 주머니에 숨어 있던 담배가 끌려 나왔다. 내 주머니에서는 초라하게 동전 몇 개가 굴러 나왔다.

"이 새끼들아, 제발 정신 좀 차려라! 고등학교만 졸업하면 담배는 트럭으로 실어다가 실컷 피울 수 있어! 뭐가 급해서 하지 말라는 짓부터 하고 난리야, 엉! 뭐가 급해서 이 지랄이냐고! 지금부터 너희가 버린 담배꽁초를 주워서 입에 물고서 쓰레기통에다 버린다. 자, 실시!"

우리는 미적미적 창고 뒤로 걸어갔다. 누군가 먼저 담배꽁초를 주워 입에다 물었다. 정태는 꼿꼿하게 몸을 세우고 있을 뿐 꽁초를 줍지 않았다. 나는 정태한테 눈짓했다. 더 끌지 말고 적당히 끝내자는 암시였다. 내 뜻을 알아들었는지 정태도 담배꽁초를 입에다 물기 시작했다. 담배꽁초를 물고 또 물었다. 처음에는 이로만 물어서 입 안으로는 들여보내지 않을 작정이었는데, 담배꽁초가 점점 입 안으로 들어차기 시작했다. 나는 목구멍에서 치밀어 오르는 역겨움을 참지 못하고 우엑우엑 토해 냈다. 다른 아이들도 토악질을 했다. 오직 정태만이 꼿꼿하게 참고는 쓰레기통까지 가서 뱉어 냈다. 비위가 보통 강한 놈이 아니다.

종례가 끝나자 담임 선생님이 정태랑 나한테 남으라고 했다. 우리는 자리에서 꼼짝도 하지 않았다. 담임이 팔짱을 끼고 걸어왔다.

"이시우! 얼굴 좀 들어 봐. 너 그렇게 안 봤는데, 왜 그러냐? 시골에서 올라온 아이치고는 연합고사 성적도 괜찮은 편이고 해서 내가 기대했는데……."

그 말을 듣는 순간 나도 모르게 선생님의 눈을 노려본다. 연

합고사 성적이 괜찮은 편인 건 맞지만, 선생님이 나한테 기대
했다는 말은 거짓으로 들린다. 요즘 내가 담임을 만나려고 얼
마나 발악했는지 아는가. 정작 마주쳐서는 나를 알아보지도
못해 놓고, 나한테 기대를 했다니! 거짓말이다. 선생님은 내
눈길을 끝까지 받아 내지 못했다.

"김정태! 너는 저번에 면담할 때도 선생님이 말했잖아. 부
모 탓하는 사람처럼 못나고 불쌍한 사람 없다고. 이럴 때일수
록 니가 정신을 차려야지."

나는 선생님의 말을 이삭 주우면서 정태네 가정에 뭔가 문
제가 있음을 감 잡을 수 있었다. 그리고 선생님이 정태한테는
나름대로 신경 쓰고 있음을 알 수 있었다. 그러자 더욱 서운해
졌다.

"입학한 지 얼마나 되었다고, 벌써부터 징계 운운하는 소리
를 담임이 들어야 하나? 자, 시우야! 정태야! 잘 좀 하자. 다
너희를 위해서 이러는 거잖아! 담배 피우고 싶어도 참고 집에
서 피워. 그것까지 뭐라고 하지는 않으니까. 제발 선생님을 더
이상 비참하게 하지 마라."

선생님은 정말 눈을 슴벅슴벅하면서 마치 당신 자식의 일인
양 비참한 눈빛을 보이더니, 잠시 후 교탁으로 걸어가 '정신
봉'이라고 쓰인 몽둥이를 집어 들었다.

"선생님이 이 학교에 와서, 학생 하나를 벌주다가 학생이 잘
못 맞아서 불상사가 생겼다. 그 뒤로는 매를 들지 않으려고 했

는데……. 자, 이리 나와."

내가 먼저 나가서 칠판을 잡았다. 선생님은 매를 들면서 친절하게도 아파도 참으라고 하였고, 때린다는 언질까지 주었다. 매가 엉덩이에 와 닿았다. 이제까지 맞아 본 매 가운데 가장 약했다. 선생님은 형식적으로 열 대를 채우더니 들어가라고 소리쳤다. 나는 별로 아프지 않다고 정태한테 암시하려다가 유리창 너머로 우리를 훔쳐보는 눈과 마주쳤다. 유령 선생님이다. 그제야 선생님이 왜 매를 들었는지 알 수 있었다. 매를 드는 시늉이라도 해야 하는 선생님 처지를 조금이나마 헤아릴 수 있었다. 선생님의 교육관이 어떻든 그건 상관할 바 아니고, 적어도 매를 들지 않는 쓰라린 이유만큼은 진실로 받아들여졌다. 나는 처음으로 선생님에게 미안했다.

정태하고 나는 학교를 나서면서도 별말이 없었다. 갑작스런 꽃샘추위 때문에 유독 몸이 떨렸고, 우리는 둘 다 따스한 곳을 갈망하고 있었다. 버스 정류장 앞에서 정태가 입을 열었다.

"자취하냐?"

"응."

"나 가도 되냐?"

"응."

정태는 아무런 말 없이 따라오더니, 내 방에 들어서자마자 발랑 누웠다.

"야, 나도 이렇게 혼자 살고 싶다! 니가 부럽다."

나는 짜증스럽게 대꾸했다.

"내가 부럽다고! 진심이냐?"

정태가 오해하지 말라는 뜻으로 웃어 보이고는 배고프다며 엄살을 부렸다. 나는 라면을 끓여 주었다. 정태는 라면을 먹으면서 자기 속마음을 드러내기 시작했다.

"진짜 혼자 살고 싶어. 나, 외갓집에서 살아. 오래됐어. 열 살 땐가 엄마 아빠가 싸우고 이혼하고, 그 뒤로 아빠랑 살았는데, 아빠가 새엄마 얻으니까 엄마가 와서 나를 데려갔어. 근데 얼마 뒤 엄마도 새아빠랑 결혼한 거야. 야, 뭐가 뭔지 모르겠더라, 나도 모르게 팍팍팍 엄마가 있었다 없었다, 새엄마가 생겼다 새아빠가 생겼다……. 근데 새아빠가 나를 못 키우겠다고 해서, 엄마가 나를 고아원에 보내려고 했어. 그걸 외삼촌이 오셔서……. 차라리 고아원에서 살았으면 편했을 텐데. 외숙모는……. 그래, 그만 하자. 그래도 나를 지금까지 키워 준 분인데, 내가 욕하면 안 되지. 아무튼 나는 외숙모가 싫어. 어려서는 때리기도 하고, 씨, 중학교 때는 내가 대드니까 김밥에다 고무줄을 넣기도 했을 정도니……. 고등학생 되니까 까놓고 말하는데, 자기가 호랑이 새끼를 키운대나 어쩐대나. 어서 내가 나갔으면 좋겠대. 나도 당장이라도 나가고 싶어……."

아, 그런 놈이었구나! 그래서 늘 그런 표정으로 살았구나……. 정태 말을 듣자, 지금 내가 겪고 있는 고통하고 차마 비교할 엄두가 나지 않았다. 나는 정태 말을 듣기만 했고, 정태가 일어서자 먼저 악수를 청했다. 정태가 내 속마음을 느꼈는지 손에다 유독 힘을 주었다.

10

단골 지각생 정태는 오리걸음을 하면서 저 넓은 운동장에다 가장 후하게 비지땀을 고수레한 사람이다. 일주일에 나흘 정도는 지각으로 오리걸음하는 헛품을 팔아야 했으니, 그놈도 어지간했다.

천둥 번개의 호위를 받으며 우박이 사납게 들이치던 날, 나는 교복이 홀딱 젖어 들어온 정태한테 조심스럽게 말했다.

"정태야, 너도 나처럼 학교 일찍 와라. 아이고, 선도부들이랑 도라무통 생각하면 나오던 똥도 들어간다. 일곱 시 전에만 오면 아무도 없거든."

정태가 손바닥으로 자기 얼굴을 몇 번이나 문질렀다.

"나도 그러고 싶다만……. 그래서 혼자 사는 니가 부럽다고 한 거야. 나는 집도 멀어. 버스 타는 시간만 한 시간 반이 넘어. 근데다가 조금만 밥을 빨리 달라고 하면 외숙모가……."

정태 얼굴이 금방 먹구름으로 덮였다.

정태는 학교에 일찍 오고 싶어도 마음대로 할 수 없다. 정태의 지각은 정신 상태가 엉망이라서 그런 게 아니라, 외삼촌네 집에 얹혀살다 보니 어쩔 수 없이 감당해야 하는 운명이었다.

외숙모는 정태의 지각 따위에는 관심이 없고, 오직 정태 때문에 달디단 아침잠을 빼앗기는 것만 불평이라고 했다. 그러면서도 정태가 아침을 거르고 가면, 그 날은 아예 밥 한 끼 안 차려 주면서, 자신을 나쁜 년 취급한다고 고래고래 악장치며 외삼촌하고 싸운다는 것이다. 눈칫밥을 먹고 살아야 하는 정태는 외숙모 비위를 건드리느니 차라리 지각하는 편이 더 낫다고 한숨을 몰아쉬었다.

나는 처음으로, 나보다 더 어렵게 살아가는 사람이 있음을 깨달았다. 나는 학교만 벗어나면 자유로우니까 행복한 편이다. 정태는 학교에서도 자유롭지 못하고, 집에 가서는 더더욱 움츠릴 수밖에 없다.

중간고사가 하루하루 포복해 오고 있었다. 나는 비장한 각오로 책상 앞에 앉았다. 시험이 기회일지도 모른다. 잃어버린 내 모습을 되찾을 수 있는 계기, 이 엄청난 혼란으로부터 탈출하는 돌파구가 될 수도 있다. 내가 비록 선생님들한테는 꼴통으로 찍혔지만 성적으로 뭔가를 보여 준다면 달라질 거다.

나는 10등을 목표로 잡고 밤마다 자리끼를 떠다 놓고 밀려오는 졸음을 회초리질하면서 몰아치기 공부를 하였다. 중학교 때만 해도 국사랑 국어, 사회 과목은 반에서 으뜸이었고, 영어도 그런대로 봐 줄 만한 성적이었다. 늘 10등 안에서 놀았으니까, 그럭저럭 공부를 하는 편이었다. 나는 일주일간 하루에 세

시간밖에 자지 않았다. 그만큼 중간고사에 목숨을 걸었다.

드디어 시험 날. 첫 번째 시간은 수학 시험이었다. 나는 정신을 맑게 하려고 눈을 감고 묵상하였다. 그러나 수학 문제지를 받아 보는 순간 가슴이 답답해졌다. 머리도 띵했다. 분명히 수월하게 풀 수 있는 문제였으나, 막상 풀려고 하면 머리가 먹통이 되어 버렸다. 급기야 배까지 아파 왔다. 이런 적은 없었다. 최악이었다. 나는 시험 문제랑 한판 야무지게 머리 씨름도 해 보지 못하고 화장실로 달려가서 주르륵주르륵 물똥을 쏟아 냈다.

도로 교실로 돌아갈 수도 없었다. 내 몸이 허깨비가 된 기분이었다. 나는 줄줄이 이어진 다른 과목 시험에서도 제대로 문제를 제압하지 못했다. 집에 와서 시험지를 펼쳐 보자 너무나도 또렷하게 답이 보였다. 허탈했다.

결과는 비참했다. 58명 중 42등. 시험을 통해서 나를 둘러싸고 있는 허물을 벗어던지고 싶었는데, 어찌 된 일판인지 점점 더 수렁 속으로 빠져 들고 있었다.

그런 내 어깨를 정태의 손이 어루만져 주었다.

"시우야, 너무 상심 마라. 너는 공부할 놈이야. 나랑은 질이 달라. 이번에는 실수를 많이 했지만, 다음에는 니 실력이 나올 거다."

나는 비참한 몰골을 흔들어 댔다. 정태는 중간고사 준비를 전혀 하지 않았는데도 50등을 했고, 나는 죽어라고 교과서랑 참고서를 볶아 댔는데도 결과는 42등이었다. 만약 정태가 나만큼 공부했다면 어땠을까. 그런 가정을 하자 더욱 절망적인 생각이 부글부글 끓었다. 어찌나 비참하던지 정태한테도 말을 하기 싫었다.

나는 정태를 먼저 보내고, 보이지 않는 미로의 끝을 찾아가듯이 학교를 돌아다녔다. 시험 결과에 수긍할 수 없었다. 뭔가 잘못되었다. 누군가 나를 없애기 위해서 음모를 꾸미고 있다. 내 몸에 악마가 들어 있다. 그 악마를 없애야 한다. 왜 하필 내 몸속으로 숨어들었지? 난, 난 말야, 살면서 나쁜 짓 한 적이 별로 없는데. 도둑질도 안 했고, 누구를 해코지하지도 않았다. 악마야, 제발 말 좀 해 봐, 제발! 왜 나를 잡아먹으려고 하는 거야, 왜? 그렇게 생각하지 않고서는 나를 납득시킬 수 없었다. 뻔히 아는 문제조차 막상 풀려고만 하면 머리가 먹통이 되어 버리는데, 그걸 누구에게 하소연할 수 있겠는가. 정말 미쳤는지도 모른다.

나는 발길이 닿는 대로 학교 구석구석을 돌아다니면서, 내 몸속 어딘가에 숨어 있는 악마에게 대답하라고 다그쳤다. 이제는 희망이 없다. 아무리 공부해도 시험을 보지 못하면 다 소용없는 짓이다. 모르겠다! 모르겠어! 지금 내 몸에 피가 흐르고 있는 건지, 아니면 피가 말라 버리고 껍데기만 있는 건지 모르겠다.

나는 손으로 머리를 박박 갈퀴질하면서 하염없이 걸었다.

교문 앞에 섰다가 다시 돌아서 운동장으로 가고, 테니스장, 체육관 옆을 돌아서 담배 피우다가 걸린 창고 뒤, 다시 교실을 돌아 운동장, 수돗가, 게시판 앞, 다시 교실……. 그러다가 문득 눈을 들어 보니 학교 도서관이 보인다. 몇몇 학생들이 책을 빌려서 나오고 있었다. 학교에 도서관이 있다는 거야 알지만 아직 가 볼 엄두도 내지 못했다.

괜히 쓴웃음을 지으면서도, 나도 모르게 도서관으로 올라갔다. 대체 도서관이라고 하는 곳에서는 어떤 놈들이 공부하고 있는지, 그 꼬락서니를 구경하고 싶은 삐딱한 심정이었다. 어쨌든 도서관이라는 곳에 처음으로 들어갔다. 내가 거쳐 온 초등학교와 중학교에는 도서관이 없었다.

도서관은 이층과 삼층이었다. 이층은 학생들이 공부하는 곳인데, 시험이 끝나서 그런지 빈자리가 많았다. 좀 실망했다. 학생들이 바글바글 들어차서, 눈구멍에서 시퍼런 도깨비불을 내뿜으면서 책을 지져 대고 있을 줄 알았는데 너무도 썰렁했다. 내친김에 삼층까지 올라갔다. 거기는 열람실이었다. 학생들이 '백설공주'라고 부르는 사서가 출입구 옆에 앉아서 책을 보고 있다. 이사장 먼 친척이라는 사서의 이름은 백선화인데, 학생들은 백설공주라고 불렀다.

나긋나긋한 개미허리에다 목련 꽃이 연상될 만큼 얼굴이 흰 백설공주가 나를 보더니 살짝 웃어 보였다.

"책 대출하려고 왔니?"

나는 얼결에 고개를 끄덕이다가 대출증이 없다고 말했다. 백설공주가 학생증을 보여 달라며 손을 내밀었다. 가느다란 손이다. 피아노하고 잘 어울리는.

"학생증을 봤으니까 대출은 해 줄게. 하지만 빨리 대출증을 만들어. 알았지?"

나는 고맙다고 인사한 다음, 책들이 돌담처럼 쌓여 있는 안쪽으로 들어갔다. 책 냄새가 코를 간질였다. 어딜 보나 책뿐이다. 갑자기 책의 나라로 들어온 느낌이다. 이렇게 많은 책이 있을 줄은 몰랐다. 나는 그 책들을 세어 보기 시작했다. 도서관에 들어가서 한 권 한 권 책을 세어 본 사람은 나밖에 없을 것이다. 나는 그렇게 심란한 짓을 했다. 어림잡아 팔천여 권의 책이 칸칸마다 자리를 잡고서 누군가의 손을 기다리고 있었다.

이 책을 다 보려면 얼마나 많은 시간이 필요할까. 나는 책한 권이 어느 정도의 시간을 잡아먹는지 모른다. 일주일에 다섯 권을 본다고 치면, 한 달이면 이십 권 정도의 책을 볼 수 있다. 그렇다면 일년에 이백여 권의 책을 본다는 뜻이다. 일년에 이백 권이면 십 년이 지나야 이천 권이고, 사십 년이 지나야 팔천 권을 볼 수 있다는 뜻이다. 이 도서관에 있는 책의 냄새를 다 맡으려면 앞으로 사십 년이 넘는 세월을 잡아먹어야 한다는 것인데……

그런 생각을 굴리자 지난 십칠 년 동안 책 한 권 손때 묻혀 보지 않고 스쳐 온 삶이 너무 가볍게 느껴졌다. 엄청난 책을 씹어 삼킬 수 있는 세월인데도 나는 거의 책밥을 먹지 못했다. 이제라도 책밥을 먹고 싶다는 생각이 절절하게 솟구쳤다.

나는 책 앞에서 한동안 어리벙벙해 있었다. 무슨 책을 빌려야 할지 엄두가 나지 않았다. 그냥 돌아다니면서 수많은 책 제목을 읊조려 보았다. 『오만과 편견』 제인 오스틴 지음, 『분노의 포도』 존 스타인벡 지음, 『죄와 벌』 도스토예프스키 지음, 『돈키호테』 세르반테스 지음, 『개선문』 레마르크 지음, 『적과 흑』 스탕달 지음, 『로미오와 줄리엣』 셰익스피어 지음, 『카라마조프네 형제들』 도스토예프스키 지음, 『마농레스코』 아베 프레보 지음, 『변신』 카프카 지음, 『배따라기』 김동인 지음, 『무정』 이광수 지음, 『빈처』 현진건 지음, 『레드메이드 인생』 채만식 지음, 『동백꽃』 김유정 지음, 『삼국지』……。

그 많은 책들이 미지의 세계에서 온 마법 경전처럼 보였다. 책이라는 것은 나 같은 사람하고는 먼 곳에 있다고 생각했는데, 이렇게 많은 책이 나를 기다리고 있을 줄이야. 더구나 이곳에는 교실에서 느껴지는 긴장감도 들끓지 않는다. 선생님한테 매를 맞지 않아도 된다. 성적에 따라서 책을 빌려 주는 것도 아니다. 자기 마음대로 책을 볼 수 있다.

이제야 내가 와야 할 곳에 왔다는 안도감과 함께 내 안에서 뭔가 깨어나는 기분이었다. 머릿속에 가득 찼던 먹구름이 걷히고 개운해졌다. 그래, 책이라도 보자. 이 책들만 보아도, 나는 얻는 거다. 그렇게 주억거리면서 주먹으로 가슴을 두 번 세

번 연달아 메질하였다.

무엇부터 볼까. 우선 소설부터 시작하자. 나는 우리나라 작가와 외국 작가가 쓴 소설책부터 골랐다.

11

집에 오자마자 책부터 펼쳤다. 나는 한 마리 책벌레가 되었다. 글자 속에 숨겨진 이야기들이 머릿속에서 또렷하게 그려지면서 또다른 세상이 나타나고, 그러면 그럴수록 책 속으로 빠져 들었다. 책갈피에서 글자들이 부드럽게 일어나 바람처럼 머릿속으로 흘러들었다. 책 속에는 어린 시절 내가 옷에다 풀물 들이며 뒹굴던 뒷동산도 있었고, 은빛으로 반짝거리는 강물도 보였고, 서로 표정이 다른 꽃들이 몸을 흔들고, 내가 짝사랑했던 가시내를 닮은 여자가 가슴을 설레게 하고, 어머니 같은 사람도 만날 수 있었다. 신기했다. 똑같은 책인데 교과서나 참고서만 보면 머리에 쥐가 나거늘, 도서관에서 빌려 온 책들은 생각에 날개를 달아 주었다. 세상 모든 사람들의 메아리가 살고 있는 울창한 숲 속도 거닐어 보고, 강에서 송장헤엄치면서 노을을 감상하기도 하였다. 나도 모르게 책 속에 있는 또다른 세상 속으로 들어가서, 전혀 다른 생각을 가진 사람들이랑 이물 없이 걸어 다녔다. 나는 그들과 똑같은 햇볕을 쬐고, 똑같은 음식을 먹으며, 때론 그들에게 말을 걸기도 하고, 때론 그들의 비밀스런 말을 엿들으면서 키득거렸다.

이런 기쁨이 책 속에 있었구나. 마음속에서 새로운 희열이 솟구쳤다. 그건 지금까지 맛보지 못한 기쁨이었다. 소리쳐 자랑하고 싶은 기쁨이 아니라, 입가로 웃음을 흘리면서 가슴에 차분히 감싸안고 싶은 기쁨. 천적의 눈길을 피해 깊은 풀숲에다 둥지를 틀고 뽀얀 알을 낳는 새처럼, 나도 나만의 둥지를 마음속에다 틀고서 책이라는 알을 낳은 기분이라고나 할까. 나는 오랜만에 몸과 마음이 일치된 느낌을 받았다.

새벽 세 시까지 네 권의 책을 다 여행하고는, 더 보고 싶은 갈증을 간신히 달래면서 잠을 불렀다. 모처럼 꿈도 꾸지 않고 달게 잠이 들었다.

"너 벌써 다 봤니?"

다음 날 도서관에 가서 책을 반납하자 백설공주가 쌍꺼풀진 눈을 크게 떴다. 어제보다 더 예뻤다. 조목조목 짜임새 있는 얼굴에다 단정한 옷매무새, 늘 상글거리는 웃음까지 어우러진 참으로 아름다운 사람이다.

나는 다시 책 네 권을 빌렸다. 하루에 네 권 읽는다면, 한 달에 백이십 권 정도는 해치울 수 있다. 그렇다면 일년에 천 권이 넘는 책하고 친해질 수 있다는 뜻이고, 졸업할 때까지 삼천 권 이상의 책을 만날 수 있다는 계산이 나온다. 나는 도서관을 나오면서 손가락으로 가슴에다 마구 글씨를 휘어 갈겼다. 책이라도 보자. 졸업할 때까지 삼천 권! 삼천 권이라, 삼천 권! 어머어마한 양이지만, 불가능하다고 생각하지 않는다. 오히려 어디 한번 해보자는 오기가 꿈틀거린다. 그렇게 중얼거릴수록 신이 나고, 어서어서 책 냄새를 맡고 싶어 안달이 났다. 나는 쉬는 시간에도 움직이지 않고 책갈피만 넘겼다.

한 권 한 권 책이 품고 있는 세상 속으로 들어갔다가 나올 때마다 마음이 뿌듯해졌다. 그리고 다시 새로운 책을 펼치려고 하면, 이 책 속에서는 대체 어떤 이야기가 펼쳐질지, 어떻게 사람들을 속이고 어떻게 복수를 하는지, 또 어떻게 억울한 누명을 벗겨 줄지 궁금했다. 책 속에 그 모든 이야기들이 다 숨어 있으니, 책이야말로 끝이 없는 세상이었다. 책은 그런 세상으로 아무나 초대하고, 누구든 마음만 먹으면 언제든지 그 신비한 세상 속을 여행할 수 있었다. 돈도 필요 없고, 공부 잘하고 못하고도 가리지 않는다. 책만 볼 수 있다면 밥을 먹지 않아도 살 것 같다. 책을 보고 숨을 쉴 때만이 내가 살아 있는 하나의 생명체로 느껴진다. 그러다가도 교과서만 보면 눈 멀미가 나고 어질어질했다.

나는 일주일 만에 사십 권의 책 속으로 들어갔다가 나왔다. 생전 처음으로 책방에서 책 다섯 권을 사기도 했는데, 세상에서 가장 귀중한 보물을 가슴에 안은 기분이었다. 그 중에는 청소년들이 보는 잡지도 끼어 있었다. 돈만 넉넉했다면 더 많은 책을 샀으리라.

나는 도서관에서 빌려 온 책을 본 다음, 서점에서 사 온 청

소년 잡지를 펼쳤다. 잡지에는 가장 먼저 인기 연예인들의 이
야기가 나오고, 그다음에는 프로야구 선수 이야기와 예술고등
학교 이야기, 그다음으로 청소년들이 쓴 시와 산문, 소설이 나
와 있었다. 나는 내 또래들이 쓴 글을 보면서 한없이 그들을 부
러워했고, 나도 글을 써서 이런 데 이름 한번 올려 보고픈 마음
이 간절했다. 그러다가 이내 도리질하고야 말았다. 내가 글을
쓸 수 있다는 생각을 해 본 적이 없었고, 그만큼 나하고는 멀리
떨어져 있는 아주 신비스러운 것이라고 치부할 수밖에 없었다.

12

나는 책을 보다가 미쳐 버려도 좋다고 일기장에다 고백했
다. 가방 속에는 항상 내가 보는 책들이 서너 권씩 똬리를 틀고
서 교과서랑 팽팽하게 신경전을 벌였다. 가방은 늘 묵직했다.
나는 그 무거움을 즐겼다. 도서관만 떠올리면 마음이 편안해
진다. 오늘은 어떤 책을 빌릴까. 그런 궁리를 하다 보면 밥을
먹지 않아도 배고픔이 윽박지르지 못했다. 길을 가면서도 책
내용을 떠올리고, 끝없는 상상 속으로 빠져 들었다. 책은 신비
한 마법을 부리며 나를 자신의 세상 속으로 끌어들였다. 나는
책이 이끌어 주는 대로 순응하면서 자유롭게 날아다녔다. 때
론 새가 되고, 나무가 되고, 개가 되고, 지렁이가 되고, 선생님
이 되고, 형사가 되고, 할머니나 아이가 되고, 여자가 되고, 심

지어 죽은 사람이 되기도 했다.

언제부턴지 책 속에다 나만의 발자국을 남기기 시작했다. 책을 읽다가 마음에 드는 구절이 나오면 밑줄을 그었고, 공감하는 구절이 나오면 "맞아!" 하고 그 옆에다 긁적거렸고, 마음에 들지 않으면 "이게 아닌데." 하고 중얼거렸다. 책 내용하고 전혀 다른 이야기를 책갈피 사이에다 빼곡하게 채워 놓기도 했다. 그러다가 도서관에서 빌린 책이라는 사실을 깨닫고 다시 글씨를 지우는 수고로움을 자처하기도 했다.

책은 내 오감을 깨우고 있었다. 길을 가다가도 책 내용이랑 비슷한 물건이나 자연현상을 보면, 그 자리에 앉아 공책을 펼쳐 놓고 느낌을 적었다. 호주머니에 작은 수첩이랑 볼펜이 들어 있지 않으면 마음이 불안할 지경이었다. 내 수첩은 금방금방 배가 불렀다. 수업 시간에도 긁적이고, 화장실에서도 긁적였다.

책은 자주 윙윙거리는 내 귀도 맑게 해 주었다. 현실에서 들을 수 없는 소리도 듣게 해 주었다. 심지어 달나라에서 방아를 찧고 있는 옥토끼의 웃음소리까지도 들을 수 있었다.

한번은 담임 수업 시간에 『목걸이』라는 책을 보다가 들킨 적이 있었다. 선생님은 분필 지우개로 내 머리를 툭툭 치면서,

"이시우, 이런 책을 보듯이 공부 좀 해 봐라. 그럼 일등하겠다, 일등하겠어!"

하고 망신을 주었다.

그래도 웃음이 나왔다. 솔직히 나는 영어나 수학 공부에 매달리는 시간이 아까웠다. 나한테 절실한 건 학교에서 심어 주려고 하는 공부가 아니라 내 영혼을 편안하게 해 주는 책이었다. 그래선지 수업 시간에 책을 보다가 선생님한테 들켜서 매를 맞아도 억울하지 않았다. 그만큼 책을 보는 일이 가치 있다고 확신했다. 언제부턴지 교과서 따위는 책이라고 생각하지도 않았다. 교과서는 내 생각을 목 조르는 악마의 경전이나 다름없었다.

하루는 『삼국지』에 나오는 장비가 우레 같은 목소리로 싸우는 광경을 상상하면서 교실로 들어가는데, 정태가 내 어깨를 툭 건드렸다.

"시우야, 너 요새 좋은 일 있냐? 여자 친구라도 생겼냐?"

나는 가방 속에서 소설책 한 권을 꺼내 보였다.

"응, 애인 생겼다. 이게 내 내인이다. 푹 빠져 버렸다."

정태는 한 발 물러서면서 씩 웃었다.

"책! 나도 한때 푹 빠진 적이 있었지. 중학교 이학년 때까지만 해도 세계문학 전집을 보았는데……. 삼학년 때부터는 책 한 권 가까이하지 않고……. 이제 안 돼. 책이 나를 거부해. 만화책이나 잡지라면 모를까……."

지금은 책이라는 말만 들어도 머리앓이가 시작된다고 쓴웃음을 뿌렸다.

정태는 말을 하다가 생가슴 앓듯 한숨을 내뿜는 버릇이 있었다. 일부러 내뱉는 게 아니라 오래 묵은 버릇임을 알 수 있었다. 아무리 봐도 세월의 군더더기 하나 없이 살아온 얼굴로 보이는데, 그놈의 눈빛을 보면 마음에 옹이진 것들이 얼마나 많은지 어림할 수 있었다.

13

올해는 장마가 늑장을 부릴 거라고 떠들어 대던 기상청을 비웃기라도 하듯이 다른 해보다 일찍 들이닥친 장맛비가 부엌문을 후드득후드득 내리쳤다. 집에 오면서 비를 흠뻑 맞았기 때문일까. 방 안이 썰렁하게 느껴졌다. 나는 이불 속에 들어가서 새벽 네 시까지 책을 보다가 그대로 곯아떨어졌다.

아침에 눈을 뜨는 순간부터 머리가 쑤셔 댔다. 목도 칼칼했다. 몸을 일으키려다가 다시 엎어지고 말았다. 잘 익은 수박처럼 머리가 쩍 갈라지는 느낌이었다. 이런 일은 처음이었다. 시계는 이미 일곱 시 삼십 분을 넘어서고 있었다. 지금 서둘러야 지각하지 않는다. 나는 다시 몸을 일으켜 식은 밥에다 김치를 곁들여서 간신히 몇 술 뜨고 밖으로 나왔다.

물 먹은 솜옷을 입고 걷는 기분이었다. 다행히 큰길까지 내려오자 웃비걷고 약하게 햇살이 내려왔다. 아무리 밟아도 땅을 밟는 느낌이 없었다. 차들이 찔끔찔끔 싸 놓고 간 기름방울이 웅덩이마다 무지개 색으로 떠다녔다. 물하고는 영원히 화합할 수 없는 기름이, 학교하고 화합하지 못하는 나하고 비슷한 신세라는 생각이 들자 머리가 더욱 지근거렸다. 학교 정문이 보였다. 가슴이 뛰고, 귀울음 소리가 심해지고, 눈앞이 노래졌다.

나는 어찌할까 망설이다가 학교 담을 돌아갔다. 테니스장 뒷담을 잡고는 잠시 숨을 고른 다음 힘껏 모질음을 썼다. 간신히 담을 넘었다. 하마터면 담에 발이 걸려 거꾸로 떨어질 뻔했다.

내가 숨을 고르면서 일어서려고 하는 순간이었다.

"이리 오너라, 어서 이리 오너라!"

서너 걸음 앞에서 도라무통 선생님이 키득키득 웃고 있었다.

아! 나도 모르게 절망이 섞인 한숨을 뱉어 냈다. 달아날 힘도 없다. 테니스장 앞에는 이미 학생들 일곱 명이 나란히 엎드려 있었다. 담을 넘다 잡힌 이들이다.

도라무통 선생님이 다가와서 내 귀를 잡아당겼다.

"이시우! 너는 한 번만 더 걸리면 학교 징계위원회에 회부한다고 했어, 안 했어? 어이구우, 너 나중에 뭐가 되려고 이러니?"

몸이 아파서 그러니 한 번만 봐 달라고 애걸하고 싶었으나 담을 넘은 행위가 명백한 학칙 위반이므로 뭐라 땜질하듯이 변명할 수도 없었다. 나도 엎드려뻗쳤다.

"자, 하나 하면 팔을 굽히고, 둘 하면 팔을 펴고……. 하나아! 두우울! 하나아! 두울!"

도라무통 선생님 구령에 따라 팔을 굽혔다 펴기를 되풀이했다. 다른 날이라면 하루 종일 해도 끄떡없지만 오늘은 달랐다. 열 번 정도 하자 어질어질해지면서 몸이 땅속으로 빨려 드는 기분이었다. 나는 입술을 깨물었다. 무너지려는 몸을 달래면서 버티고, 또 버텼다. 어느 순간부턴지 도라무통 선생님 목소리도 들리지 않았다. 눈을 감았다. 내 몸에 남아 있는 모든 힘을 팔에다 모아, 호흡에 맞춰 팔을 굽혔다 폈다 다시 굽혔다 폈다를 되풀이하다가 순간 깜짝 놀라 고개를 들었다.

"야, 이 자식아!"

도라무통 선생님이 움펑눈 가득 비웃음을 흘리고 있었다.

"이것 봐라? 선생님이 그만 하라고 했는데도……. 좋아, 개기겠다 이거지. 어디 한번 해보자. 하나아! 두우울!"

도라무통 선생님은 내가 조금만 동작이 느려져도 옆구리를 걷어찼다. 나는 선생님, 하고 다급하게 소리치면서 개기는 게 아니라고 호소하였고, 안간힘을 다해 팔에다 힘을 모았으나 내 몸의 무게를 일으키기에도 무리였다. 나는 땅바닥으로 엎어졌다.

도라무통 선생님의 체중이 실린 운동화가 내 등을 지근지근 밟아 댔다.

"어서 일어나 얼른 개겨 보란 말야. 감히 누구한테 개겨!"

그 순간 도로 한복판에서 차바퀴에 깔려 잉까라진 물뱀이 머릿속 가득 차 왔다.

일교시 시작을 알리는 종이 울리자, 도라무통 선생님이 일어나라고 소리쳤다. 나는 간신히 교실로 들어왔지만 자리에 앉으면서 옆으로 쓰러졌다. 정신이 가물가물 멀어졌다. 정태가 나를 업었다.

나는 점심시간에 학교 양호실에서 눈을 떴다. 목이 아프고 기침이 심했다. 양호 선생님은, 내가 심한 감기에 걸렸으니 며칠간 무리해서는 안 된다고 당부를 하였다.

"이 약을 먹고도 몸이 좋지 않으면 병원에 가야 해."

나는 양호 선생님이 주는 종이 봉지를 들고서 걸어 나왔다. 아침보다는 개운했으나 목은 더 심하게 아팠다. 나는 조퇴를 하였다.

비트적비트적 집에 오자마자 그대로 곯아떨어졌다가 누군가 문 두드리는 소리를 듣고 눈을 떴다. 정태였다.

"시우야, 좀 어떠냐?"

"한숨 자고 났더니 이제 많이 좋아졌다."

"다행이다. 그나저나 도라무통, 내가 가만두지 않을 거다!"

정태가 까만 비닐봉지에서 빵을 꺼내다 말고 잔뜩 얼굴살을 구겼다.

"도라무통이 오늘 또 교련 시간에 교실에 들어와서 가방을 뒤졌다. 대체 무슨 권리로 선생 놈들은 학생들 가방을 맘대로 뒤지는 거야? 내 가방 속에서 나온 라이터 하나를 트집 잡아서 어찌나 지랄하던지……. 나만 따로 불러다가 팬티만 빼고

다 뒤지더라. 내 그럴 줄 알고 담배는 팬티 속에다가 비닐봉지에 싸서 떨어지지 않게 하고 다닌다만……. 이건 너무하는 거 아냐? 우리가 무슨 불순분자야! 우리가 무슨 간첩이냐!"

"어쩔 수 있냐, 선생들이 까라면 까야지. 나야 그런 일을 하도 많이 당해서 이제는 그러려니 한다. 너도 그래라."

정태가 가방에서 소주를 끄집어냈다.

"안다만, 그래도 너무하는 거지. 오늘은 진짜 열 받더라. 체육관으로 불러내서 육상부 놈들 앞에서 쪽을 주는데……. 에이 씨, 하도 열 받아서 한잔 하려고 사 왔다."

"야, 잘됐다. 감기에는 소주에 고춧가루 타서 먹으면 낫는다고 하던데……."

나는 진짜로 고춧가루를 타서 빵을 안주 삼아 목구멍으로 넘겼다. 오늘따라 술기운이 빠르게 퍼졌다. 나는 알딸딸해진 얼굴을 문지르며 정태를 건너다보았다.

"정태야, 그래도 니가 있어서 덜 외롭다. 고맙다."

"그런 소리는 쓰레기통에다 처박고……."

"야, 우리 서울로 날라 버릴까?"

정태가 피식 웃었다.

"헛소리 지껄이지 마. 넌 고향에 어머니 계시잖아? 나한테 어머니만 계셨어도……. 나야 기다리는 사람도 없지만, 넌 아니잖아? 넌 그런 생각 하지 마. 내가 가만 안 둬."

"허, 잘난 체하기는……."

말은 그렇게 했지만 정태란 놈이 진짜 고맙다. 싹수 있는 놈이다. 너무 외로움을 타서 탈이지만, 나보다 깡다구도 짱짱하고 마음도 웅숭깊다.

깊은 잠에 포옥 빠졌다가 눈꺼풀을 밀어 올렸을 때는 다음 날인 줄 알았다. 탁상시계를 샛눈으로 가늠해 보니 겨우 밤 열 시였다. 정태가 여덟 시쯤에 갔으니까, 고작 두 시간 눈을 붙였거늘 긴 밤을 편안하게 보낸 느낌이었다. 나는 몸을 일으켜서 밖으로 나왔다.

하늘에서는 구름 떼가 어디론가 부지런히 움직이고 있었다. 나는 자전거를 타고 구불구불한 골목길을 내려갔다. 내리막길이라 힘을 주지 않아도 저절로 속력이 났다. 학교 근처에 있는 공원까지 갔다가 책방 앞에다 자전거를 세우고 이런저런 책들을 맛본 다음, 책방 옆에 있는 문구점에 들어가서 원고지를 골랐다. 특별한 계획이 있어서가 아니라 원고지를 보니 그냥 사고 싶었다. 작가들은 원고지에다 글을 싹틔워 간다. 그래서 내 눈에는 원고지가 단순한 종이로 보이지 않았다. 어머니가 씨앗을 뿌리는 걸디건 땅만큼이나 소중하게 보였다. 나는 아직껏 원고지에다 글자 한 번 모종해 보지 못했다. 그 흔한 독후감 대회조차 나가 본 기억이 없었다. 그런데도 원고지 뭉치를 자전거에다 싣고 오면서, 이제까지 내가 산 물건 중에서 가장 소중하다는 생각을 하였다. 경사 급한 언덕길을 오르면서도 힘든 줄 몰랐다.

집에 와서 다시 원고지를 들추어 보았다. 이 많은 칸에다 어떻게 글자들을 심어 나갈까. 나는 원고지를 책상 서랍에다 깍듯이 모셔 두고는, 이효석의 소설집 『메밀꽃 필 무렵』을 펼쳤다.

우리 동네 뒷산 산밭에서도 메밀밭이 한 시절을 풍미했다. 가난한 사람들이 문중 어른들에게 허락받고 산허리를 파헤쳐 일군 산밭 가득 메밀꽃으로 눈이 시릴 정도였다. 그 밭 가로 꽃상여라도 나가면, 무섭던 상여마저 아름다워지면서 메밀꽃이랑 상여 꽃을 구별할 수 없었다. 나는 그런 기억을 퍼 올리면서 책 속으로 빠져 들었다. 단숨에 다 읽고, 그 소설을 원고지에다 옮겼다.

여름장이란 애시당초 글러서, 해는 아직 중천에 있건만 장판은 벌써 쓸쓸하고 더운 햇발이 벌여놓은 전 휘장 밑으로 등줄기를 훅훅 볶는다. 마을 사람들은 거지반 돌아간 뒤요, 팔리지 못한 나무꾼 패가 길거리에 궁싯거리고들 있으나, 석유병이나 받고 고기 마리나 사면 족할 이 축들을 바라고 언제까지든지 버티고 있을 법은 없다……

한 편의 소설을 원고지에다 다 옮겨 심고 나자 가슴이 뿌듯했다. 그럴싸했다. 내가 지어낸 이야기 같았다. 그러면서 나도 이런 글을 쓰고 싶다는 욕망이 움터 올랐다. 작가에 대해서, 글에 대해서는 깡통인 내가 감히 작가들이 정성스럽게 지어 놓은 글 농사를 흉내 내고 싶었다. 나는 막연하게나마 작가란 아주 천부적인 재능을 가진 별종들이라고 단정짓고 있었다. 나 같은 사람도 가능할까? 아무리 내 모습을 작가라는 말에다 접 붙이려고 해도 잘 되지 않았다. 자신 없다.

에라, 모르겠다. 작가고 나발이고 다 소용없다. 그냥 원고지에다 내 이야기나 한번 심고 싶다. 그러고 싶다. 은연중에 몇 가지 이야기들이 떠오른다. 어차피 누구에게 보일 게 아니다. 내 맘대로, 생각이 원하는 대로 써 보자.

벌거지 이야기

나는 꼴망태를 메고 집을 나선다. 해가 서쪽으로 넘어가고 있다.

나는 휘파람을 불면서 뒷산 밭으로 올라간다. 밭둑에는 싱싱한 풀이 많다.

나는 삭삭삭 빠르게 풀을 베다가 고개를 들었다. 근처에서 누가 노래를 부른다. 해옥이 누나다.

나보다 한 살 많은 해옥이 누나는 중학교에 가지 못하고, 집에서 홀어머니를 돕고 있다.

나는 해옥이 누나네 고구마밭 두렁에서 꼴을 베었다. 그러다가 "민수야!" 하고 부르는 소리에 놀라 고개를 들었다. 뭔가 날아와서 목덜미에 착 달라붙는다. 손으로 만진다. 물컹하다.

"으악!"

벌레다. 고구마 줄기 먹고 사는 시퍼런 벌레.

"야, 빨리 떼어 줘! 빨리 떼어 주란 말야!"

나는 길길이 날뛰었다.

"깔깔깔!"

해옥이 누나가 웃으면서 다가온다.

"빨리, 떼어 줘. 빨리, 이 가시내야! 웃지 말고 어서 떼어 주라고!"

그러자 해옥이 누나가 벌레를 떼어서 내 얼굴로 내밀었다.

"여깄다. 자, 봐라. 야, 머시매야, 머시매가 이까짓 벌거지가 무서워서 벌벌벌 떠냐?"

나는 움칠 물러선다. 그러다가 땀이 흐르는 해옥이 누나의 하얀 얼굴이랑 불룩한 가슴을 보았다. 얼굴이 확 달아오른다. 나는 해옥이 누나를 확 밀어 버렸다.

"이 가시내야, 너 가만 안 둘 거야!"

나는 머릿속에 뱀을 떠올렸다. 해옥이 누나가 뱀을 무서워한다는 것을 알고 있다. 나는 속으로 해옥이 누나를 마구 욕하면서 돌아선다. 그러면 그럴수록 해옥이 누나 몸에서 풍기던 야릇한 냄새가 진하게 코를 찌른다.

거기까지 매듭짓고는 벌떡 일어나서 운동회날 일등한 아이처럼 폴딱폴딱 뛰었다.

"이야, 내가 해냈다!"

큰 소리로 내가 쓴 글을 읽어 보았다. 근사했다. 김유정의
『동백꽃』이랑 닮았으나, 그 책 내용을 훔쳐 낸 게 아니다. 하나
도 꾸밈없는 사실이다. 재작년에 서울살이를 시작한 해옥이
누나는 얼마나 더 예뻐졌을까. 나중에 그런 여자랑 연애하고
싶다.

내가 이야기를 지어서 원고지 가득 글자들을 심을 수 있다
는 새로운 가능성을 확인하는 순간이었다. 그건 기적이고, 혁
명 같은 일이었다.

14

장마 구름들이 은밀하게 빗방울을 추렴하면서 뭔가 음모를
꾸미고 있었다. 그렇게 마른장마가 열흘간이나 후텁지근하게
이어지더니, 드디어 일요일 아침 하늘에다 구멍을 내고는 물
을 쏟아 냈다. 비는 잠시도 쉬지 않고 월요일까지 마라톤을 하
였다. 물비린내를 가득 품은 흙탕물이 골목을 접수했고, 그 길
을 주름잡고 다니던 차들은 쩔쩔맸다. 고샅고샅 집들이 들이
닥친 물 때문에 몸살을 앓고, 하천에서는 인간이 버린 온갖 쓰
레기들이 가장행렬을 벌였다. 드디어 장마 구름이 일을 낸 것
이다.

이런 날은 학교도 가기 싫다. 조금 미적거리다 보니 다른 날보다 늦었다. 무릎까지 물이 차 올라 바지를 걷고 신발도 손에 든 채 걸었다. 학교는 고지대에 있어서 갈수록 물이 얕아지더니, 교문 앞에서는 아스팔트가 드러났다. 교문이 보일 즈음부터 빗방울의 성깔도 누그러졌다.

십여 걸음 앞에 용감하게 비를 맞고 가는 사람이 눈에 잡혔다. 가을 독사만큼이나 몸을 빳빳하게 세우고 걷는 품이 대뜸 정태임을 알 수 있었다. 내가 막 소리쳐서 부르려고 하는 참이었다. 선도부원이 우산을 빙글빙글 돌리며 정태를 불렀다. 이런 날도 서 있다니, 학교에 대한 충성심이 대단한 놈이다.

둘이 뭐라고 실랑이를 하더니, 선도부원이 정태의 모자를 홱 벗겼다.

"어라, 오늘도 이발 안 했네!"

정태는 계속 손가락을 꼼지락거렸으나, 몸이 굳어 있었다. 옆에 있던 다른 선도부원이 끼어들면서 정태를 상습범이라고 몰아쳤다. 정태는 여전히 고개를 수굿하고 있었다.

경비실 옆에서 도라무통 선생님이 어기적어기적 걸어왔다. 예감이 좋지 않았다. 도라무통 선생님이 죽도로 정태의 목을 내리쳤다. 정태가 "헉!" 하고 소리치면서 뒤로 물러났다. 정태 눈에서 햇빛에 반사된 사금파리 같은 빛이 뿜어져 나왔다. 나는 속으로 소리쳤다. 정태야, 제발 참아라! 제발!

"뭐야? 니가 용가리통뼈야? 왜 머리를 안 자르는데, 왜? 어디 말 좀 해 봐라. 다른 학생들보다 머리 좀 길게 해서 어쩔 건데? 이 새끼, 이것 봐라, 눈에다 힘주고 노려보는 것 봐라. 그러면 어쩔 건데? 눈에서 힘 안 빼?"

도라무통 선생님이 아예 우산을 팽개치고 정태의 배를 죽도로 쿡쿡 찔렀다. 정태는 뒷걸음질치면서도 눈빛만큼은 조금도 누그러뜨리지 않았다. 도라무통 선생님의 다른 손에는 이발 기계가 들려 있었다.

"너 같은 놈은 말로 해서는 안 돼. 이리 와."

도라무통 선생님이 정태의 엉덩이를 걷어차서 움츠리게 한 다음, 머리 뒤쪽에다 이발 기계를 투입하여 사사삭 가르마 쪽으로 길을 내기 시작했다. 이발 기계가 십여 센티미터가량 길을 내면서 올라갈 즈음이었다.

"에이, 씨!"

정태가 거칠게 팔을 휘저었다. 그와 동시에 도라무통 선생님이 조종하던 이발 기계가 땅에 떨어졌다.

누구도 예상하지 못한 일이었다. 도라무통 선생님은 얼이 빠진 것처럼 멍하니 서 있었지만, 옆에 있던 선도부원들이 재빠르게 정태를 잡았다.

정태가 성난 소처럼 선도부원들을 머리로 들이받고 뿌리쳤다. 그 서슬에 놀란 선도부원들이 주춤하다가 다시 달려들자, 정태가 가방을 들어 더 강한 반동으로 후려쳤다. 그러고는 흙탕물이 점령해 버린 골목으로 첨벙첨벙 치달렸다.

도라무통 선생님이 정태한테 최후통첩을 하였다.

"김정태, 너 이리 와! 좋은 말 할 때 와! 너 안 오면 다시는 학교 못 올 줄 알아!"

정태가 주춤 서더니 도라무통 선생님을 똑바로 겨누어 보고는, 다시는 이놈의 학교에 오지 않겠다고 되받아쳤다.

죽도를 든 도라무통 선생님의 손이 부들부들 떨렸다. 선도부원들이 뭐라고 욕을 하더니, 그 중 두 놈이 정태를 잡으려고 뛰어갔다. 정태가 어디선가 집어 든 몽둥이를 마구 휘둘렀다. 성난 개처럼 따라가던 선도부원들이 지레 겁을 먹고 꼬리를 내렸다.

"완전히 미, 미, 미쳤구먼……."

도라무통 선생님은 차마 말을 더 잇지 못하고 그 자리에 서 있었다. 수많은 학생들이 교문 앞에서 이 재미난 광경에 푹 빠져 있다가,

"어서 들어가지 못해!"

괜히 애먼 학생들에게 화풀이하는 도라무통 선생님의 서슬에 놀라 급하게 흩어졌다.

나는 정태를 쫓아가려다가 선도부원에게 제지당하면서 학교 안으로 밀려갔다.

나는 모든 수업이 갈무리될 때까지 정태만 생각했다. 도라무통 선생님하고 정면으로 겨뤘으니 이제 결과는 뻔하다. 모

든 게 불리하다. 정태 편은 아무도 없다. 사회에서는 연쇄 살인 범이라고 해도 재판을 할 때는 국선 변호사라도 붙여 주지만, 학교에서 이뤄지는 재판에는 그런 형식적인 우군도 없다. 모든 게 일방적이다. 곧 징계위원회에서 정태의 행위를 재단할 것이다. 그러고 보면 학교만큼 무시무시한 곳은 이 세상 어디에도 없다.

다음 날 담임 선생님이 반장을 앞세워서 정태네 집에 찾아갔지만, 아무도 만나지 못하고 돌아왔다며 허탈한 표정을 지었다. 그다음 날 게시판에는 학교 징계위원회의 결정 사항을 알리는 공고문이 나붙었다. 정태를 퇴학시킨다는 내용이었다. 담임 선생님은 침울하게 정태 이야기를 풀어 놓았다. 퇴학만큼은 막아 보려고 했지만 어쩔 수 없었다고 하고는, 출석부로 교탁을 힘껏 내리친 다음 나가 버렸다.

나는 심한 무기력증에 빠졌다. 이 모든 일들이 눈 깜짝할 새에 벌어졌으며, 가장 친한 친구의 일인데도 어찌해 볼 겨를이 없었다. 자전거를 타고 정태네 집에 찾아갔다. 초인종을 누르고 정태 친구임을 밝히자,

"정탠지 금탠지 하는 놈, 우리도 얼굴 본 지 며칠 됐다!"
쌀쌀맞은 여자의 목소리가 찬물처럼 날아왔다.

정태는 어디론가 증발해 버렸다. 한마디 말도 없이 사라져 버린 그놈이 야속했다.

정태가 퇴학당한 지 일주일째 되던 날 학교에는 이상한 소

문이 돌았다. 도라무통 선생님이 집 앞에서 괴한한테 얻어맞고 병원에 입원했다는 소문이었다. 그것이 사실인지 모르겠지만, 한동안 도라무통 선생님은 보이지 않았다.

한풀 꺾인 장맛비가 실비 모양으로 풀어지던 밤이었다. 주인 할머니가 전화 받으라고 문을 두들겼다. 어머니한테 온 전화인 줄 알았는데 뜻밖에도 정태 목소리가 들렸다.

"정태야, 너 어디냐? 아무리 그렇다고 말 한마디 없이…….
그래, 퇴학당하니까 좋냐, 새끼야!"

나는 친구를 지켜 주지 못했다는 미안함과 서운함이 뒤엉켜 터져 나오는 말을 한꺼번에 마구 퍼부어 댔다.

정태는 내가 지칠 때까지 들어 주다가 조금 쉰 목소리로 말했다.

"시우야, 미안하다."

"지금 어디냐?"

"여기 멀다."

"어딘데?"

"시우야, 나중에, 우리 나중에 성공해서 보자."

"정태야, 그러지 마."

"시우야……."

"내가 널 얼마나 좋아하는데…… 넌……. 근데, 근데 난, 너한테 아무것도 해 줄 게 없구나……."

나는 정신없이 내뱉다가 부엌에 있는 주인 할머니를 의식하고 목소리를 낮췄다.

"진짜 너밖에 없어."

"시우야, 나도 그래. 유일하게 내 속을 보인 사람이 너야. 여기 부산이다. 배 탈라고. 얼마 전부터 생각한 거야. 아는 형이 선원이거든. 괜찮대. 돈 많이 번대."

"정태야, 그래도……."

"시우, 넌 좋은 놈이야. 넌 책 좋아하니까, 그쪽으로 파고들어라. 작가 같은 것, 넌 그런 데 소질 있어. 이런 말 처음이다만 난, 너 보고 몇 번이나 그런 생각 했어. 작가 되면 좋을 것 같다고. 나 같은 놈 얘기는 쓰지 말고, 학생들을 개 패듯이 패는 선생 놈들 얘기도 쓰지 말고, 뭔가 아름다운 이야기, 따뜻하고 행복하게 사는 사람들 이야기를 써라."

"개새끼, 혼자서 도망친 놈이……."

눈물이 주르르 볼에다 길을 내고 있었다.

"도망이 아니라 이게 내가 갈 길이다. 잘 있어. 또 연락할게."

정태는 웃음소리를 섞어서 보냈다.

15

도라무통 선생님만 생각하면 죽이고 싶도록 적개심이 끓어

올랐다. 그 때마다 나는 심하게 몸을 떨었다. 정태를 떠올리면 갈라진 살갗에 소금물을 뒤집어쓴 양 마음이 쓰렸다. 나는 그 쓰라림을 이겨 내기 위해서 더 많은 책을 갈망했다. 도서관이 없었다면, 책이 없었다면 어찌 되었을까. 아, 생각만 해도 끔찍하다. 미쳐 버렸거나 아니면 학교를 그만두었을 거다. 정태보다 더 먼저 이 학교를 등졌을 거다. 도서관이야말로 내 영혼의 피난처다. 책은 나를 구해 준 은인이다.

나는 수업 시간에도 선생님들이 가르치는 모든 과목을 접고, 내가 원하는 책들하고만 소통하였다. 기말고사 성적은 중간고사보다 더 미끄러졌다. 이미 공부를 놓아 버린 지 오래였다. 방학을 했지만 고향에 가지 않았다. 아니, 갈 수가 없었다. 고향 사람들 앞으로 당당하게 걸어갈 자신이 없었다. 더구나 친구들을 무슨 낯짝으로 본단 말인가. 그러니까 내가 살기 위해서 고향에 가지 않았고, 더욱 책 속으로만 빠져 들었다. 잠시라도 책을 보지 않으면, 마치 다른 사람의 피를 받지 못하면 위태로워지는 병자처럼 심장의 박동이 멎어 버릴 것 같았다. 이제 고작 한 학기를 돌았는데도 수십 년을 산 기분이다. 그만큼 잔인한 시련의 세월이었다.

16

방학을 하자 선도부하고 신경전을 펼치지 않아도 되었고,

시도 때도 없이 생기는 알 수 없는 불안증에도 시달리지 않았
다. 매 맞을 일도 없었다. 그러니 학교가 두려울 리 없었다. 늘
이랬으면 좋겠다. 날마다 가고 싶어서 기다려지는 곳, 편안하
고 즐거운 곳. 그런 학교라면 얼마나 좋을까. 잠시나마 학교가
우리 집 화장실만큼이나 편해졌다.

나는 아침부터 도서관에 가서 죽치고 살았다. 가끔 우리 반
친구들이 와서 서분서분하게 말을 걸었다. 지난 일학기 동안
말품앗이 한 번 해보지 못한 치들이다. 내가 징그럽게도 책이
랑 씨름하자, 우리 반 학생들 사이에서 나라는 존재가 새로운
호기심의 대상이 된 모양이다. 그 중 몇몇은 나랑 이물 없이 지
내고 싶어하는 눈치였다. 놀라운 일이다. 제법 공부에 독이 오
른 놈들조차 나를 동경하니 말이다. 이런 예상치 못한 변화에
다소 얼떨떨했지만, 그런 일이 되풀이되다 보니 나도 모르게
자신감이 우러났다. 적어도 내가 다른 사람들보다 책 하나는
비교할 수 없을 만큼 많이 본다는 사실이 나를 안정시켰다. 내
본래 모습이 조금씩 살아나고 있음을 느낄 수 있었다.

책 속에 푹 빠져 살다 보니 은연중에 내가 잃어버린 세상을
찾아 가고 있었다. 그러면서 내가 살아온 십여 년의 세월을 들
여다볼 기회가 많아졌고, 내 곁을 스쳐 간 수많은 친구들, 풀,
꽃, 나무, 해와 달, 별, 심지어 뒷동산 무덤들까지도 한 번씩 더
듬어 보게 되었다. 가끔씩 내가 낫으로 때려죽인 꽃뱀이 떠올
라 마음이 아팠고, 동네 개한테 돌멩이를 던져 절름발이로 만

들어 버린 기억까지 춤을 췄다. 책을 보면서 내가 살아온 날들을 하나하나 기억해 냈다. 그러면서 웃기도 하고 새삼 가슴이 짠해지기도 하고, 미안하고, 슬프고, 기쁜 감정을 하루에도 몇 번씩이나 맛보았다. 책은 자기 마음을 아무런 조건 없이 열어 보이고, 나에게는 아무것도 요구하지 않았다. 검열도 없었고, 시험도 보지 않았다.

나는 지나칠 만큼 상상력이 풍부한 사람으로 변해 가고 있었다. 책을 보다 보면 내 감각은 늘 현실을 초월하였다. 마침내 나는 선생님이 되어 학생들을 다독거려 주기도 하고, 학교에 들어갈 때마다 피에로 복장을 한 선생님들이 달콤한 유자차랑 빵을 나눠 주면서 오늘 하루도 즐겁게 생활하라고 손을 흔들어 주는 상상까지도 했다. 책 앞에서는 불가능이 없었다. 적어도 책을 볼 때만큼은 내가 학교에서 당하는 것은 물론 불안한 내일까지도 잊을 수 있었다. 그러니 거의 병적으로 책에 집착할 수밖에 없었다. 걸어 다니고 잠잘 때만 빼고는 언제나 책을 보았다.

책을 고르는 눈길도 더욱 다양해져서, 소설이나 수필뿐만 아니라 다소 이해하기에 버거운 철학 책도 문을 두드렸다. 혼자 책을 고르고, 혼자 내용을 맥 짚어 갔기에, 가끔씩 문맥을 소화하지 못하고 허둥댔다. 그 때마다 답답하고 머리가 터질 것 같았다. 내용이 이해되지 않으면 책을 덮어 두었다가 다시 꺼내서 읽고는 했는데, 그러다 보면 나도 모르는 새 그 뜻이 머

릿속에 들어와 있었다. 그 때마다 입을 크게 벌린 다음 환희에
찬 숨을 뱉어 냈다.

　나는 종일 도서관에서 책을 본 다음, 어둠살에 묻혀 돌아갈
때마다 고되게 일을 마치고 들에서 돌아오는 어머니를 떠올렸
다. 내가 들에서 일을 마치고 돌아가는 기분이었다면 조금 과
장된 표현일까. 어쨌든 나는 뭔가 가슴이 벅찰 만큼 뿌듯함을
느꼈다.

　주인집 뒤란에 사는 나이 든 감나무가 구새먹은 가슴 속에
다 어린 손자들 같은 박새들을 불러들여 누구보다 알차게 여
름살이를 하고 있었다. 박새 식구가 일곱으로 불어났다. 나는
화장실에 갈 때마다 짹짹거리는 소리로 녀석들의 크기를 가늠
했는데, 오늘은 그 소리가 들리지 않는다. 화장실에서 나와 보
니, 새끼들이 감나무 휘추리 여기저기에 매달린 채로 "째째
지리지리……." 하고 돌림노래를 부르면서 어미를 기다리고
있다.

　나는 녀석들을 머릿속에다 담은 다음, 도서관에 가서 하얀
종이에다 박새들을 스케치하였다. 너무 몰두하다 보니 누가
다가온 줄도 몰랐다.

　우리 반에서 두 번째로 공부 도사인 순하가 옆에 있었다. 순
하는 까만 뿔테 안경이 하얀 얼굴하고 조화를 이루면서 척 보
기에도 '저놈은 공부밖에 할 줄 모르는 범생이구나!' 하는 선

입견을 주었다.

　순하가 나한테 음료수 캔을 내밀었다.

　"무슨 그림이냐? 새 같은데……."

　"어엉, 박새. 우리 집 뒤에 살아."

　"넌 그림도 잘 그리는구나."

　내가 겸연쩍게 웃자, 순하가 다시 말을 걸었다.

　"너, 나중에 문학 할래?"

　나는 얼른 대답하지 못했다. 그런 생각을 한 번도 굴려 본 적이 없기 때문이다.

　"나도 그래. 난 영문학과 갈 거야. 국문과 가고 싶지만, 거기 가면 할 게 없잖아. 영문과는 취업하기도 더 쉽고……. 영문과나 국문과나 똑같이 문학을 공부하니까……."

　어, 그런 말도 처음 듣는다. 어쩌면 나는 이렇게도 모를까. 모르는 것투성이다. 그저 책을 좋아할 뿐이지, 영문과니 국문과니 그런 구체적인 진로에 대해서는 더듬어 보지 않았다. 그럴 여유도 없었다. 그만큼 지난 일학기는 나에게 버거웠다.

　나는 날마다 순하하고 문학에 대한 이야기를 나누었다. 순하도 제법 많은 책을 소화하고 있었다. 도시에서 자란 순하는 어려서부터 책 보는 버릇을 건실하게 들였고, 이미 중학교 때 세계문학 전집이랑 한국문학 전집을 다 해치운 상태였다. 순하는 작년도 신춘문예 당선자들의 소설이랑 시를 엮어 놓은 책을 빌려 주는 친절을 베풀면서, 자기도 나중에 신춘문예에

도전하겠다는 포부를 밝혔다.

중복 더위가 하도 맹렬해서 도서관에 앉아 있어도 땀구멍에서 솟은 땀방울이 도랑을 이루며 등허리랑 사타구니로 타고 내리던 날이었다.

나는 집에 가려고 나오다가 도서관 구석진 곳에서 낯익은 얼굴 하나를 보았다. 은영이였다. 나보다 한 뼘가량 작은 은영이는 공부도 잘하고, 친구들하고도 이물 없이 지내는 편이다. 물론 나는 그놈하고 한 번도 말품앗이를 해 본 적이 없다. 그래서 그냥 지나치려다가 이 무더위조차 무시하면서 도서관에 남아 있는 품이 여간내기가 아니다 싶어 슬쩍 인사나 하려고 말을 걸었는데 의외로 반갑게 웃어 주었다.

은영이가 『분노의 포도』라는 소설책을 덮으면서 자기도 일어나려던 참인데 같이 가자고 덧붙였다. 나는 은영이가 가방을 정리할 때까지 기다렸다가, 그 책이 재밌냐고 물었다. 나는 존 스타인벡의 『분노의 포도』를 끝까지 읽지 못했다.

은영이가 가방을 들고 걸어가면서 웃음 섞어 대답했다.

"응, 재밌다야."

"넌 작가들 중에서 누구 좋아하냐?"

"우리나라 작가?"

"아무 작가나……."

"헤밍웨이. 넌?"

"난 이효석, 김유정 같은 우리나라 작가."

"나도 좋아해."

우리는 자연스럽게 작가에 대해서 이야기를 주고받았다.

은영이는 아홉 살 때 시골에서 이사를 왔다는 말까지 끄집어낸 다음, 갑자기 유행가를 부르더니 자기 이야기를 슬그머니 감추어 버렸다. 나는 은영이를 집에 데리고 왔다. 겉모습이야 영락없는 기생오라비여도, 라면 끓이는 솜씨는 나보다 몇 단 높을 정도로 수준급이었다. 게다가 호주머니에서 담배까지 끄집어내더니 굼실굼실 피워서 나를 놀라게 하였다. 모범 답안으로 보일 만큼 순진해 보이던 녀석이 이렇게 속이 다를 줄은 몰랐다. 담배 연기를 들이마시는 폼도 나보다 노숙했다.

은영이는 문학보다 역사책에 관심이 많았다. 시골 학교에서 아이들을 가르치면서 향토사학을 연구하고 싶어했다. 나는 묵묵히 듣고만 있었다. 뭐라 할 말이 없었다. 은영이가 너는 꿈이 뭐냐고 물을까 봐 겁이 나기도 했다. 나는 꿈이 없는 사람이다. 조금이라도 그런 생각을 하려고 하면 머리가 아프고, 불안해지면서 귀가 멍해진다. 지금 내 마음은 극도로 불안해서, 그냥 하루하루 살아가는 것조차 버거운 처지였다. 그러니 무슨 꿈을 키우고 미래를 상상할 수 있겠는가. 다행히 은영이는 아무런 물음표를 던지지 않았고, 살포시 눈을 감은 채 노래만 불렀다.

다음 날부터 우리는 학교에서 많은 이야기를 나누었다. 그러나 우리의 이야기는 이상하게도 늘 겉도는 느낌이었다. 많은 시간에 걸쳐서 이야기를 하고 돌아서면, 오늘 무슨 이야기를 했지 할 만큼, 남는 게 없었다. 그만큼 우리는 자기 이야기를 하지 않았다. 만나면 늘 가수들 이야기, 문학과 역사에 대한 이야기로 대부분의 시간을 소모하였다. 그래서 편하기도 하지만, 정태하고 너무 달라서 저놈이 진정으로 나하고 친구 하고 싶어하나 하는 의심이 들 때가 많았다.

나한테 일정하게 거리를 두고 대하는 순하도 가끔은 자기 이야기를 솔직하게 토해 내는 편인 데 비해, 은영이는 좀 특별한 놈이다. 날마다 자기 손때 묻은 책을 가져와서 내 가방 속을 채워 줄 때는 오래전부터 익혀 온 친구로 느껴지다가, 마음의 문을 꼭 닫고 대할 때는 더 다가갈 수 없는 벽이 느껴졌다. 여러모로 속마음이 가늠되지 않는 친구였다.

방학이 중간쯤 지났을 때부터 은영이가 도서관에 나오지 않았다. 집으로 전화를 했더니, 여동생이 받으면서 일 나갔다고 했다. 일이라고? 무슨 일이냐고 물어도 대답하지 않았다. 일이라니! 무슨 아르바이트를 하나?

17

이제 다음 주면 개학이다. 나는 점점 닳아 가는 시간을 아쉬워하면서 도서관으로 들어섰다. 열람실 앞에서 백설공주하고 이학년 국어를 가르치는 양덕수 선생님이 커피를 마시고 있었다. 백설공주야 잘 알지만 양덕수 선생님은 잘 모른다. 내가 적당히 목례를 하고 지나치려는데 굵직한 목소리가 날아왔다.

"어이, 자네, 이리 와 보게."

'자네'라고 부르면서 반공대하는 맥이 이상하여 다른 사람에게 하는 말인 줄 알았다. 그러나 주위에는 나밖에 없다. 나는 적지 않게 당황했다.

양덕수 선생님은 백설공주와 함께 도서관을 담당하고 있다. 백설공주가 정식으로 도서관학과를 나온 사서가 아니기 때문에 양덕수 선생님이 도서관 운영에 대해서 실질적인 책임을 지고 있는 셈이다. 양덕수 선생님은 갸름한 얼굴에 코가 길고 오똑하여 이국적인 분위기를 풍겼다. 여학교에 갔더라면 수많은 여학생들이 보낸 사모 편지 속에서 허우적거릴 상이었다.

"자네 일학년인데, 벌써 책을 이백 권도 더 읽었구먼. 자네 같은 학생이 많았으면 좋겠네. 아무튼 열심히 도서관을 이용하게나."

양덕수 선생님이 내 등을 토닥여 주고는 돌아섰다.

나는 한동안 그 자리에서 움직이질 못했다. 이게 꿈인가. 그저 얼떨떨할 따름이다. 나에게 호의적인 선생님도 있구나. 누군가에게 내 존재를 드러내기 위해 책을 보는 게 아니었기에 양덕수 선생님의 몇 마디에 울 뻔했다. 나는 양덕수 선생님 입에서 떨어진 말씨를 하나도 빠짐없이 이삭 주워서 귀에 담았다.

집에 올 때는 날개라도 단 기분이었다. 밥을 먹지 않아도 살 것 같았다. 책을 읽으면서도 순간순간 양덕수 선생님의 목소리가 떠오를 때마다 '고맙습니다!' 하고 중얼거렸다. 일기장에다 양덕수 선생님이 한 말을 그대로 옮겨 적었다.

도서관에 가는 발길이 더 가벼워졌다. 나는 학교가 아니라 도서관에 간다는 생각으로 집을 나섰고, 학교에서 마주치는 모든 선생님이 양덕수 선생님 같다면 얼마나 좋을까 하는 상상을 굴려 가려고 애썼다. 그만큼 양덕수 선생님의 말은 나에게 힘을 주었다. 적어도 내가 이 학교의 학생이고, 이시우라는 인간이 나름대로 가치가 있음을 알게 해 준 최초의 선생님이었다.

그렇지만 양덕수 선생님에게 다가가겠다는 생각은 한 번도 하지 않았다. 그럴 자신도 없었고, 그럴 용기도 없었다. 그저 선생님이 던져 준 따뜻한 말 몇 마디만으로도 다른 모든 선생님의 싸늘한 눈빛을 이겨 낼 수 있었다. 그래서 개학을 한 뒤로는 일학기 때보다 마음이 가벼웠다.

18

집을 나오면 볼 붉은 대추를 옹골지게 매달고 있는 대추나무가 맞은편 골목에 외발로 서 있고, 그 옆으로 서너 발짝 떨어진 곳에서는 한창 찬 맛 드는 바람내 맡으며 살 오르는 애호박이 눈요기로 매달려 있다. 나는 앙증맞은 애호박을 손으로 톡

건드려 보고는 곧장 골목길로 빠르게 내려간다. 학교 가는 학생들이 거의 보이지 않을 정도로 이른 시간이다.

나는 일학기 때보다 학교 가는 시간을 더 앞당겼다. 선도부원들이나 도라무통 선생님은 아예 꼴도 보기 싫었고, 조금이라도 일찍 학교에 가서 안정된 마음으로 책을 보고 싶었다. 아침 자습이 시작되기 전, 그러니까 선생님들이 감시의 눈초리를 투망 던지지 않는 시간에 마음껏 책 속으로 빠져 들 수 있었다.

학교 화단에서는 토실토실 실하게 여문 강아지풀 이삭들이 서로 까칠한 볼을 비비며 한 타령으로 몸을 흔들어 댄다. 나는 빠른 계절의 흐름을 다시금 확인하면서, 교실에 들어서자마자 아직도 잠이 덜 깨어 있는 책상들 사이를 가로질러 내 자리에 앉은 다음 책을 꺼냈다. 이 시간에 책 보는 맛이 쏠쏠했다. 집중력도 살아나서 책 한 권을 뚝딱 해치울 수 있다.

그래도 집에 와서 편안하게 누워 책을 볼 때가 가장 행복했다. 이런 시간이 영원히 지속되었으면 좋겠다. 나는 성경이나 불경까지 씹어 삼킬 정도로 책만 보면 겁 없이 덤벼들었고, 내용을 알든 모르든 일단 읽어 댔다. 그러다 보면 책이 작은 샛길을 열어 주었고, 그 샛길을 따라 걷다 보면 더 넓고 환한 길이 나오게 마련이었다. 소설을 가장 많이 보았고, 그다음으로는 역사책, 에세이였다. 시집은 가장 더디게 읽혔다. 아무리 읽어도 이해가 되지 않았다.

어느 날 점심시간에 도서관에 가다가 양덕수 선생님하고 마주쳤다.

"자네, 점점 많은 책을 보더구먼."

양덕수 선생님 입에서 대단하다는 칭찬까지 버무려져서 나오자, 나도 모르게 자조 섞인 말투가 흘러나왔다.

"공부도 못하니까, 책이라도 열심히 보려고 합니다. 첨에는 일년에 천 권씩, 삼 년간 삼천 권 보려고 했는데, 그건 욕심 같구요. 그래도 이천 권은 보고 학교를 졸업하려고 합니다."

그렇게 내질러 놓고는 손가락을 꼼지락거려서 내 가슴살을 꼬집었다. '공부도 못하니까' 같은 말은 할 필요 없었는데 왜 내뱉었는지 모를 일이고, 뭐 하나 내세울 것 없는 처지에 이천 권이니 삼천 권이니 하는 말까지 왜 후렸는지 모르겠다. 얼굴이 확 달아올랐다.

양덕수 선생님이 슬쩍 나를 곁눈질하여 보았다.

"그래, 잘 생각했네. 자네가 이천 권 정도만 보고 고등학교를 졸업한다면, 그 어떤 일을 해도 헤쳐 나갈 수 있을 것이네. 나는 그걸 믿네. 명색이 국문학과를 나왔지만, 나는 그리 많은 책을 보지 못했다네. 그만큼 책을 본다는 건 어려운 일인데, 자넨 아주 특별한 거야. 그 결심, 절대 허물어뜨리지 말게."

나는 "예." 하고 대답하면서도, 마음속에 응어리진 아픔을 한없이 풀어 놓고 싶었다. 이 도서관이 아니었으면 나는 이 자리에 서 있지 못했을 거라는 말이 입 안에서 맴돌았다. 도서관에 있는 책들은 그 어떤 선생님보다 절대적인 존재들이다. 움직이지 못하는 물건이 아니라 땅속을 헤집고 다니는 두더지들처럼 꿈틀꿈틀 요동치면서 내 머릿속에다 신선한 기운을 흘려주고 있다. 책은 나보다 더 역동적으로 살아 있는 생명체다.

"자네 혹시 작가가 되고 싶은가?"

선생님 입에서 그런 말이 나올 것이라고는 감히 상상도 못했다. 나는 당황했다. 작가라? 내 꿈이 작가여도 될까? 누가 비웃지 않을까? 지금 나는 꿈이 없는 사람이다. 살아 있으니까 그냥 살아가고 있을 뿐이다.

어렸을 때 내 꿈은 화가였다. 초등학교 사학년 때까지만 해도 꽃이나 곤충 그림을 잘 그렸고, 우리 반에서도 단연 돋보였다. 선생님도 인정하여 교내 사생대회가 다가오자 나를 반 대표로 뽑았다. 그런데 당일 날 학교 구령대 앞에 가 보니, 어찌 된 영문인지 우리 반 대표는 반장으로 바뀌어 있었다. 선생님은 그것에 대해서 아무런 해명도 하지 않았다. 나는 그 날 들고 간 왕자표 크레파스를 강물에다 집어던지며, 다시는 그림을 그리지 않겠다고 울먹였다. 그걸로 끝이었다.

그 뒤로 장 앙리 파브르처럼 곤충을 연구하는 과학자의 꿈을 키웠다. 실제로 나는 곤충이라면 뭐든 잡아서 표본을 했고, 어른들한테 귀동냥하여 이름도 제법 알았다. 중학교에 가서도 장래 희망이라는 말 뒤에다 '과학자'라고 당당하게 썼다. 공교롭게도 담임 선생님이 과학 담당이었다. 나는 중간고사에서 유독 물상 시험을 망치고 말았는데, 선생님이 나를 부르더니 수많은 학생들 앞에서 망신을 주었다.

"아나 과학자! 물상도 못하는 놈이 무슨 과학자! 수영도 못하는 놈이 수영 선수 하겠다고 하는 꼴이네!"

그 말을 듣는 순간 과학자의 꿈도 산산조각 나 버렸다.

그 뒤로 선생님이 되고 싶다고 일기장에다 썼다. 선생님이 되어서 잘나고 못난 아이들 가리지 않고 따스한 눈길을 주고 싶었다. 그런 꿈은 고등학교에 들어온 뒤 자꾸만 멀어지고 있었다. 선생님이 되려면 공부가 필수지만, 지금은 공부라는 말만 들어도 퇴로가 막힌 야생동물처럼 허둥대고 있다. 그런데 학교를 지옥처럼 생각하는 내가 작가라는 꿈을 가져도 되는 걸까? 선생님이 알면 비아냥거리지 않을까? 작가는 뭔가 특별하고 공부도 잘하는 이들이어야 하지 않을까? 모르겠다. 나는 은연중에 머리를 흔들었다.

"나도 한때 가을만 되면 가슴앓이를 했다네. 신문에 신춘문예 공고가 나면 가슴앓이가 시작되었지. 그 때부터 밤잠 설치며 소설을 써서 응모하고, 그래야만 가을이라는 계절을 날 수가 있었지. 수도 없이 떨어졌다네. 이 학교에 오기 전까지도 그 꿈을 포기하지 않았는데……. 언제부턴지 글도 안 써지고, 바빠지고, 결혼까지 하자 더욱 멀어지더군. 아무튼 자네 같은 학생들 보면 반갑기도 하고……. 자네, 써 놓은 글 있으면 언제든지 나한테 보여 주게."

양덕수 선생님이 오랫동안 나에 대해서 생각하다가 꺼낸 말임을 느낄 수 있었다. 이런 분이 있었다니! 그 동안 선생님이라면 무조건 적대시한 나 자신이 새삼 부끄러웠다.

나는 침을 꿀깍 삼키며 "예." 하고 대답했다. 그 짧은 한마디 속에는, 선생님 감사합니다, 조만간 제 글을 보여 드리겠습니다, 하는 뜻이 간절하게 배어 있었다.

양덕수 선생님이 한동안 뜸 들이다가 다시 입술을 움직였다.

"이건 인생의 선배로서 하는 말이네. 그래도 공부를 놓아 버리면 안 되네. 책을 많이 보는 것도 중요하지만, 세상살이가 공부에 의해서 많이 결정되기 때문에, 더러워도 그 끈을 아주 놓아 버리면 안 돼. 작가가 되기 위해서라도. 물론 대학을 나오지 않아도 작가가 될 수 있지만, 대학에 가서 더 많은 공부를 하고 습작을 하다 보면 더 쉽게 작가가 될 수 있다네. 좋은 대학이 아니라도, 자네가 가서 문학 공부를 마음껏 할 수 있는 대학을 찾으면 돼."

나는 고개를 끄덕끄덕하면서 입술을 깨물었다.

그 날 집으로 가는 길 내내 양덕수 선생님의 목소리를 떠올리면서 되새김질하였다. 나 역시 공부를 포기하고 싶지 않지만 자신이 없었다. 선생님들이 내 이름만 불러도 공황 상태에 빠져 버리는데, 이시우라는 이름표를 달고 한 번도 선생님들 앞에서 당당해 본 적이 없는데, 어떻게 공부를 할 수가 있겠는가. 양덕수 선생님한테 이런 내 모습을 고백하고도 싶었지만, 두렵기도 하였다. 만약 그런 내 모습을 안다면 양덕수 선생님도 따스한 눈빛을 거두어들일 것만 같았다.

어쨌든 이학기에 들어선 뒤로는 한동안 매를 맞지 않았다. 다른 선생님들은 이제 내 이름조차 부르지 않았고, 영어 시간에도 아슬아슬하게 내 번호를 피해 갔다. 이제 일학기 때만큼은 불안하지 않았다. 수업 시간 내내 가슴 졸이지 않는 것만으로도 살 것 같았다. 그러니까 좀더 자신 있게 책을 볼 수 있었고, 좀더 자신 있게 친구들이랑 책에 대해서 이야기할 수 있었고, 좀더 자신 있게 글을 쓸 수 있었다.

나는 세 번째 소설을 쓰기 시작했다. 중병을 앓고 있는 영아라는 여학생이 한 남학생을 만난다. 둘은 이내 서로 좋아하게 된다. 영아는 자신의 병을 숨기다가 둘의 사랑이 깊어지고 나서야 모든 걸 고백하는데, 남자는 당황하면서 도망친다. 영아는 그 슬픔을 감당하지 못하고 자살을 시도한다.

나는 그 소설을 슬그머니 양덕수 선생님에게 보여 주었다.

선생님이 저녁 무렵에 나를 부르더니, 소설에 대한 평을 해 주었다.

"예상대로 자네는 소설 쓰는 역량이 대단하구먼. 이야기를 끌고 가는 힘이 느껴져. 허나 소설가가 되고자 하는 사람이라면 누구나 이 정도 능력은 있다네. 이것만 가지고는 안 돼. 문학이란 언어의 예술이네. 언어란 단순해 보여도 정말 복잡하고 다양해. 언어엔 음악도 있고, 역사도 있고, 철학적인 깊이도 있고, 과학도 있고……. 수억만 가지 감정 표현은 끝이 없다네. 그 중에서 자기만의 특징을 잡아야 하네. 가령 등장인물 묘사를 잘한다거나, 이야기를 아주 특이하게 이끌어 간다거나, 언어를 시처럼 간결하게 쓴다거나, 철학적인 깊이가 있다거나…… 아니면 동식물 묘사를 잘한다거나, 우리말을 잘 구사한다거나…… 그런 자기만의 특징, 자기만의 장점을' 빨리 다듬어서 문장 속에다 투여해야 해."

나는 양덕수 선생님 입에서 나오는 말씨를 하나라도 흘려보내지 않으려 하였고, 그러다 보니 가슴속으로 새록새록 빨려 드는 느낌이었다. 비록 내가 소설을 많이 써 보지는 않았어도, 선생님이 무엇을 지적하고 무엇을 요구하는지 헤아릴 수 있었다.

언제부턴지 내 가슴속에서도 작은 희망의 씨앗 하나가 얼굴을 내밀고 있었다. '작가가 되고 싶다'는 열망이었다. 처음에는 작가라는 말이 하늘에 뜬 구름만큼이나 높고 멀게 느껴졌지만, 이제는 그렇지 않았다. 높은 가지에 매달려 있는 홍시처럼, 내가 발뒤축을 들고 장대를 뻗으면 딸 수도 있을 것 같았다. 나는 충분히 가능하다고 생각했다.

그리고 사흘 만에 네 번째 소설을 탈고했다. 양덕수 선생님에게 소설 평을 들은 뒤, 내가 가장 자신 있게 쓸 수 있는 글이 무엇인지 궁리했다. 나는 내가 경험한 이야기를 써 보기로 하였다.

시골에 사는 아이들은 산토끼를 한 마리쯤 잡아 보는 게 소원이다. 그건 쉬운 일이 아니다. 어느 날 나는 우연히 산토끼굴을 발견한다. 나는 녀석의 발자국을 따라 철사로 만든 올가미를 놓고, 다음 날 부푼 마음으로 가 보지만 산토끼는 얄밉게도 다른 길로 피해 간다. 나는 두고 보라고 주먹질하며 다시 올가미를 놓고, 이번에는 틀림없이 걸렸을 거라고 장담한다. 다음 날 동편 가득 퍼져 오는 햇귀를 받으면서 가 보지만, 산토끼는 이번에도 나를 약 올리면서 다른 길로 간다. 나는 다시 올가미를 놓지만, 그다음 날, 그다음 날도 계속 허탕이다. 결국 나는 엿새 만에 포기하고야 만다. 산토끼는 나를 농락하였다. 나는 패배를 인정하면서 산토끼가 있는 굴 쪽으로 마구 눈 뭉치를 던진다. 녀석은 놀라서 뛰쳐나간다. 나는 산토끼를 쫓아갈 수 없음을 잘 알고 있다. 허탈한 심정으로 돌아서는데 "꾸에에 엥!" 하고 이상한 소리가 들린다. 소리 나는 쪽으로 가 보니 내가 놓은 올가미에 산토끼가 걸려 있다. 순간 산토끼를 잡았다는 기쁨보다, 뭔가 엄청난 일을 저지르고야 말았다는 생각이 든다. 나는 산토끼를 풀어 주고 싶다. 그래서 얼결에 산토끼에게 손을 대다가 "아악!" 하고 비명을 지른다. 산토끼가 내 손을 물었다. 피가 난다. 내가 피를 닦은 뒤 다시 돌아보자 이미 산토끼는 죽어 있다. 눈도 감지 않은 채. 나는 울면서 집으로 달려가기 시작한다.

대충 그런 내용이었다. 은영이를 첫 독자로 골랐다. 은영이는 나에게 알면 알수록 신기한 놈이라며 웃을 뿐 달다 쓰다 평이 없고, 순하는 한껏 고무된 눈빛으로 황순원의 「소나기」에 빗댈 만한 작품이라고 치켜세웠다. 다른 아이들한테도 내 소설을 읽어 볼 기회를 주었다.

"시우야, 너 참 특이한 놈이다. 어떻게 소설을 쓰냐?"

"이야, 나도 비슷한 경험을 한 적이 있는데. 내 이야기도 써라."

"우리 반에서 작가 한 명 나오겠네. 너 나중에 유명해지면 나 모른 체하지 마라."

나는 그런 친구들이 싫지 않았다. 공부를 잘하는 애든 못하는 애든 나를 인정해 주고 있었다. 이시우라는 존재가 친구들 사이에서 점점 또렷하게 자리 매김을 하고 있었다. 내가 친구들한테 글을 보여 주는 횟수가 늘어날수록 그만큼 나는 친구들 앞에서 당당해지고 있었다.

양덕수 선생님이 내가 쓴 「산토끼」를 보더니 좋은 평을 해 주었다.

"이번 글은 저번 글보다 훨씬 재미있고 매끄럽네. 바로 자네가 경험한 이야기, 자네가 잘 소화할 수 있는 이야기를 썼기 때문이네. 글이란 자신이 쓰기 벅찬 내용을 잡으면 안 돼. 자연 묘사도 좋고. 이것이 자네의 강점이니 잘 살리기 바라네. 다만 시점이 산토끼 시점이랑 주인공 시점으로 너무 오락가락해서 읽는 데 방해가 되네. 시점은 한번 정하면 기차 레일처럼 일관

되게 밀고 나가는 게 좋네."

양덕수 선생님의 말을 가슴에다 품고 걸어가는데, 당장 작가가 되기라도 한 것처럼 기뻤다. 양덕수 선생님의 칭찬 몇 마디에 내 몸속 모든 기관들이 흥분하였고, 지금 이 순간이라면 세상 무슨 일이라도 다 할 수 있을 것 같았다.

집에 와서, 내가 쓴 원고지를 가만가만 쓰다듬고 가슴에다 끌어안으면서 읽고 또 읽었다. 내가 이런 글을 썼을까. 믿어지지 않아도, 틀림없이 내가 쓴 글이다. 나는 작가가 되기 위해서 모든 노력을 하겠다고 다짐에 다짐을 하였다.

우리 반 친구들은 나를 '책벌레'니 '작가 지망생'이니 하고 치켜세웠다. 나는 국어 책에 나오는 문학 작품을 이미 다 꿰뚫고 있었고, 그 작가들의 다른 작품까지 모조리 섭렵하였다. 그뿐 아니다. 그 작가랑 같이 활동한 작가들의 작품까지도 다 파헤쳤으므로, 반에서 공부를 잘하는 치들도 나를 인정하지 않을 수 없었다. 그런 내가 대견스러웠다. 나도 모르게 조금씩조금씩 잔뿌리들이 몸에서 나와 교실에 뿌리를 내리는 듯한 느낌이 들었다. 아이들 틈에 끼어도 어색하지 않았고, 웃고 떠들어도 편안했다.

19

어제까지만 해도 한낮에는 제법 따가운 볕들이 마실 나왔는데, 오늘은 시월 중순이라는 절기가 무색할 정도로 바람기가 사납고 추웠다. 아이들은 모두 약간 불편해 보이는 자세로 호주머니에 손을 쑤셔 박고는 어서 수업 시간이 갈무리되기만을 기다렸다. 중간고사가 다음 주로 다가와서 건성으로 수업을 땜질할 수도 없었다.

마지막 육교시는 영어 시간이었다. 영어 선생님이 한참 동안 교과서 진도는 나가지 않고 어린 시절 불장난하면서 논 이야기, 학교에 있는 난로에다 고무신을 태워 먹은 이야기를 한바탕 늘어놓더니, 수업 시간을 절반도 더 까먹고서야 교과서를 펼쳤다. 선생님이 기습적으로 내 번호를 불렀다. 나는 미적거리다가 일어섰다. 선생님이 눈살을 찌푸리면서 '또 너구나!' 하는 표정을 지었다.

"읽을래, 맞을래?"

체념하고 나가려는데 다른 때처럼 가슴이 뛰지 않음을 알았다. 책상에 펼쳐진 책을 내려다보았다. 글씨가 눈에 들어왔다. 나도 모르게 영어 책을 들어 눈높이에 맞췄다. 내가 쓴 원고지 뭉치를 가슴에 안은 기분이다. 편안하다. 나는 심호흡을 한 다음 입을 열었다. 놀랍게도 술술술 영어 단어가 입 안에서 굴러나온다. 하나도 막힘없이 영어 책을 읽어 내렸다. 눈앞이 노랗게 보이지도 않고, 귀울음 소리가 일어나지도 않는다. 모든 게 정상이다.

영어 선생님이 터덜터덜 슬리퍼를 끌면서 내 옆으로 왔다.

"이시우. 이렇게 잘 읽는 놈이……. 것 봐라, 다 노력하면 되는 거야. 이까짓 것을 못하겠다고 이름만 부르면 못 읽겠습니다, 하고 매 맞는 놈이 어딨냐? 아무튼 앞으로 더 열심히 노력하기 바란다!"

영어 선생님은 마치 당신이 나를 수렁에서 건져 내기라도 했다는 듯이, 턱을 약간 아래로 당기고 울림 있는 목소리로 거드름을 피웠다. 하마터면 콧방귀가 터져 나올 뻔했다.

어쨌든 길고 긴 악몽의 터널에서 빠져나오는 순간이었다. 그제야 알 것 같았다. 고등학교에 진학하자마자 갑자기 공황 상태가 되어 버린 내 영혼을 달래 주면서 옛 모습을 찾게 해 준 게 무엇인지. 영어하고는 거리가 먼 도서관 때문이었다. 책과 문학 때문이었다. 책이 나에게 새로운 생명을, 새로운 용기와 희망을 주어 예전보다 더 강하게 부활시켜 주었다. 이제야 멀고 먼 길을 돌아서 내 자리로 돌아온 느낌이었다.

친구들도 놀라는 표정을 짓지 않았다. 이미 친구들은 일학기 때 내 모습을 잊고, 지금 모습만을 이야기하려고 하였다. 그 누구도 내가 영어 책을 술술술 읽어 낸 것에 대해서 관심을 드러내지 않았다. 나한테는 전교 일등을 한 것만큼이나 엄청난 사건이지만, 이미 친구들 사이에서는 그냥 일상적인 순간에 불과했다. 그것이 서운하다기보다 고마웠다.

나는 집에 와서 한 시간이 넘도록 눈을 감고 앉아 있었다. 수많은 얼굴들이, 수많은 책들이 머릿속에서 빙글빙글 돌아갔

다. 잠을 자려고 눕자 떠오르는 얼굴이 또 있었다. 양덕수 선생
님이랑 어머니였다.

20

그 날부터 나는 책에 대한 일기를 쓰기 시작했다. 책을 처음
볼 때의 느낌, 책 표지, 제목, 머리말, 작가의 인상까지 일기처
럼 다 적어 나갔다. 책이 얼마나 재미있는지 없는지, 나한테 와
닿는 내용이 얼마나 많은지 적은지, 책 내용은 짐작한 것과 맞
았는지 안 맞았는지, 생각나는 모든 것들을 적어 나갔다. 그것
이 내가 보는 책에 대한 예의 같았다.

나를 괴롭히던 공황장애는 사라졌지만, 그렇다고 달라진 건
별로 없었다. 여전히 나는 수업 시간에도 교과서를 팽개치고
빌려 온 책만 보았다. 교과서하고는 여전히 친해질 수 없었다.
그래도 불안하지 않았다.

부슬부슬 가을비가 어깨를 움츠리게 하는 날이었다. 나는
일찍 학교에 가서 책 한 권을 머릿속으로 받아들인 다음 화장
실에 가려고 일어났다. 그 때 은영이가 교실로 들어왔다.

"이제 오냐?"

내가 손으로 어깨를 툭 쳤다.

은영이는 대답 대신 고개만 한 번 까딱하고는 모자를 벗어
자기 책상에다 던졌다. 순간 하마터면 웃음이 터져 나올 뻔했

다. 은영이 머리에 앞에서 뒤까지 고속도로가 나 있었기 때문이다.

"너 도라무통한테 당했구나!"

은영이가 성난 황소처럼 콧김을 씩씩 불어 대고는, 담배 있냐고 물었다. 나는 고개를 절레절레 흔들었다. 학교에는 절대 담배를 가져오지 않기 때문이다.

내가 화장실에서 볼일 보고 나오는데, 은영이가 몇몇 학생들 틈에 묻어서 들어왔다. 은영이가 나한테도 손짓했다. 화장실에서 담배 피우는 건 위험하지만 그래도 한 대 피우고 싶었다. 우리는 두 패로 가른 다음, 한 패는 망을 보고 다른 패는 일분 만에 담배 한 개비를 먹어 치웠다. 이렇게까지 하면서 담배를 피워야 하나 하는 자괴감도 들지만, 다 피우고 나면 묘한 스릴이 꼼지락거렸다.

우리는 담배 연기로 가슴을 달랜 다음, 이구동성으로 머리에 고속도로를 내는 교육 현실을 개탄하고, 문교부 장관인지 지랄인지 하는 놈을 잡아다가 대한민국 모든 고등학생들 앞에서 이발 기계로 고속도로를 내야 한다고 씹어뱉었다. 은영이는 시종 한마디도 끼어들지 않았다. 자존심만큼은 누구 못지않게 강한 녀석인지라 무척 상심한 눈빛이었다.

은영이는 점심시간에 학교 밖에 있는 이발소에서 머리를 빡빡 밀고 들어오다가 도라무통 선생님하고 마주쳤는데 인사도 하지 않고 지나쳤다. 도라무통 선생님은 어처구니없다는 품으로 은영이를 바라다보았을 뿐이다. 우리는 유리창 너머로 바라보며 박수를 치고, 은영이를 개선장군처럼 맞이했다. 그 작은 체구에서 우러나는 깡다구에 놀라지 않을 수 없었다.

이학기 중간고사가 사흘 앞으로 다가왔다. 우리는 오직 중간고사라는 시험을 향해 치열하게 경쟁을 하고 있었다. 누군가는 낙오되어야 하고, 누군가는 승리자가 되어야 하는 이 경쟁이야말로 세상의 축소판이라고 하지만, 어쩐지 나는 그런 경쟁에서 일찌감치 떨어져 나온 기분이었다. 그래도 일학기보다는 나은 점수를 받고 싶었다. 작가가 되기 위해서라도 공부를 놓아 버려서는 안 된다고, 선생이 아니라 인생의 선배로서 하는 말이라고 당부하던 양덕수 선생님의 목소리가 뇌리에서 자꾸만 꿈틀거렸다. 나도 실낱같은 희망이라도 잡고 싶었다. 아직까지 구체적인 고민을 해본 적은 없지만, 대학에 가서 문학을 공부한다면 지금보다 훨씬 좋을 것 같았다.

그런 생각을 하면 할수록 더는 도태되면 안 된다는 절박한 위기의식이 생겼다. 나는 못 이기는 척하면서 교과서랑 참고서를 들여다볼 수밖에 없었다. 그럭저럭 시험을 보았다. 시험지를 받아도 눈앞이 흐려지지 않았고, 배도 아프지 않았다. 나는 40등 안으로 진입하였다. 만족할 만한 성적은 아니지만 그래도 일학기보다는 좋아졌다.

일학기 때 2등이었던 순하가 극적으로 일등 고지를 탈환하여 담임으로부터 교실이 넘치도록 칭찬을 받았지만, 은영이는 25등이라는 초라한 성적이어서 선생님뿐만 아니라 친구들까지 고개를 갸우뚱하게 하였다. 일학기 성적이 6등이었던 놈인지라 조금만 공을 들이면 최상위권의 반열에 올라설 수 있었다. 누구나 그렇게 생각하는데, 정작 당사자는 시험 따위는 초월해 버린 눈빛이었다. 은영이가 뭔가 깊은 고민의 늪에 빠져 있음을 감지하였으나, 워낙 입이 무거운 놈이라 이리저리 들쑤셔도 종시 자기 속내를 드러내지 않았다.

당당하게 일등 깃발을 꽂은 순하는 싱글벙글이었다. 하루는 순하가 나를 보더니 미팅을 하자고 눈웃음쳤다. 나는 잠시 망설이다가 도리머리를 하였다. 순하가 챙기는 미팅이므로, 상대 여학생들도 범생이들로 짜여져 있을 거라는 생각에 겁이 났다. 나는 대신 은영이를 갖다 대려고 했다.

"미팅? 무슨 얼어 죽을 놈의 미팅. 너나 해라!"

은영이는 내 호의도 무시하고 시큰둥하게 받아쳤다. 여자 친구 같은 건 눈곱만큼도 관심이 없는 표정이었다. 나는 기회다 싶어서 은영이 팔을 잡고 흔들었다.

"너 무슨 일 있지? 야, 말 좀 해 봐라."

내가 집요하게 다그치자, 은영이는 어색하게 눈을 깜박거리더니 토요일에 자전거 여행이나 하자며 말꼬리를 돌렸다. 아주 넓은 세상에서 불어오는 바닷바람이나 실컷 맞고 오자고 했다. 나는 오랜만에 주인을 만난 강아지처럼 좋아라 하였다.

바다라니! 나는 아직까지 바다 구경을 한 적이 없었다.

그런데 은영이가 금요일 날 밤에 우리 집에 들이닥쳤다.

"시우야, 아무래도 내일은 힘들 것 같다. 집에 일이 생겨서……. 다음 주에 가자. 이건 너희 집에다 둘게."

은영이는 텐트랑 코펠, 침낭 따위를 부려 놓더니, 얼굴 가득 수심이 찬 표정으로 일어났다. 무슨 일이냐는 물음이 입 안에서 뱅글뱅글 돌았지만 대답 안 할 게 뻔해서 그냥 따라 나갔다. 은영이 자전거는 내 자전거보다 낡았지만 제법 튼튼해 보였다.

은영이가 집 앞에서 손을 한 번 흔든 다음, 더 이상 배웅하는 걸 허락하지 않겠다는 듯이 재빠르게 자전거를 타고 골목길로 사라졌다.

그 날 밤 나는 다섯 번째 소설을 탄생시켰다. 원고지 60매를 쉬지 않고 단숨에 써 버렸다.

어느 가난한 마을에 사는 소년네 집에 송아지 한 마리가 들어온다. 형제라고는 아무도 없이 외톨박이인 소년은 그 송아지한테 정을 붙이며 산다. 소년은 송아지랑 말도 주고받는다. 송아지는 커다란 암소가 되어 쟁기질도 하고 송아지도 낳는다. 소년의 아버지가 큰 병에 걸리자, 어머니는 그 암소를 팔기로 한다. 소년은 낌새를 채고 소를 팔지 못하게 한다. 소년이 학교 간 새 소를 팔려고 어머니가 읍내로 데리고 가는데, 소년은 자신이 은밀하게 만든 납총을 가지고 읍내에 나타난다. 그리고 소를 싣고 가는 트럭을 향해 납총을 발사한다.

이 이야기는 우리 마을 근처에서 일어난 실화를 밑바탕으로
했고, 내가 틈틈이 수첩에다 메모한 글이 많은 도움을 주었다.
나는 「산토끼」 이야기를 쓴 다음부터 고향 사람들의 말투도 기
록하기 시작했는데, 그것도 많이 인용하였다.

다음 날 양덕수 선생님에게 보여 주었다.

양덕수 선생님이 몇몇 표현들을 콕 집어냈다.

"이런 표현들이 참 좋네. '호미 하나를 잡아먹어야 한 해 농
사가 끝나는 밭', '눈 몰아온다', '겨울에도 푸르름을 잃지 않는
인동 잎', '꽃만 보면 작은 해바라기 같지만 이름은 돼지감자'
이런 표현은 자네만이 쓸 수 있는 문장이네. 이런 특징을 잘 살
려 나가기를 바라네."

양덕수 선생님은 이렇게 구체적인 밑거름을 내 가슴에다 뿌
려 주었다. 마음속에서 수많은 풍선이 부풀어 오르는 기분이
었다. 그러면서 내 눈에 보이는 세상을 나만의 느낌으로 표현
한다면, 바로 그것이 나만의 독특한 글이 될 수 있구나 하는 확
신을 처음으로 품게 되었다.

21

가을에서 겨울로 넘어가는 환절기라서 해는 서둘러 서산 너
머로 돌아가고, 어둠만 깔리면 독 오른 바람이 설쳐 대는 십일
월 마지막 주 수요일 밤이었다. 누가 문 두드리는 소리에 놀라

보고 있던 책을 떨어뜨렸다. 은영이 목소리였다. 나는 기지개를 켜면서 들어오라고 소리쳤다.

은영이가 부엌문만 열고 망설망설하였다.

"시우야, 나 부탁이 있어서 왔다!"

이윽고 방에 들어온 은영이가 한숨을 죽였다가 힘겹게 입을 열었다.

"시우야, 나 돈 좀 빌려 주라. 급해서 그래. 좀 많은 돈이야. 십만 원 정도."

나한테 그렇게 많은 돈이 있을 리 없다. 은영이도 그런 사정을 뻔히 알고 있을 텐데 나한테 부탁하는 걸 보니, 뭔가 절박한 사정이 있는 게 분명했다.

"너도 어려운 줄 안다만…… 어떻게 안 되겠냐?"

나는 잠시만 기다려 보라고 하고는 주인 할머니한테 건너갔다. 갑자기 친구가 다쳐서 병원비로 써야 하기에 돈이 필요하다고 거짓말을 꾸며 냈다. 주인 할머니는 깜짝 놀라는 눈빛으로 입술을 만지작거리더니, 방구석에 박아 놓았던 비상금을 꺼내 주었다.

은영이는 내 손을 꼭 그러쥐면서 고맙다는 말을 열 번도 넘게 했다.

나는 큰길까지 은영이를 배웅하고 돌아서다가 우연히 버스 정류장 옆 가판대에 꽂혀 있는 신문에 눈길이 갔다. '신춘문예'라는 글자가 눈에 들어왔다. 나는 얼른 신문을 샀다. 길을 걸으면서 신춘문예를 공모한다는 기사를 읽었다. 나이나 학력 제한은 없었다. 나는 집에 오자마자 신춘문예에 응모할 소설을 고치다가 새벽녘에야 잠이 들었다.

다음 날 은영이는 얼굴을 내보이지 않았다. 첫 번째 결석이었다. 담임 선생님이 대뜸 은영이의 빈자리를 확인하고는, 은영이가 왜 결석했는지 아는 사람 있냐고 물었다. 아무도 손을 들지 않았다. 은영이한테 무슨 일이 생긴 게 분명했다.

점심시간에 순하한테 은영이 이야기를 하였다. 둘이 격의 없는 농담을 주고받을 만큼 이물 없는 사이는 아니지만, 둘 다 나랑 친하기 때문에 종종 같이 어울렸다. 이야기를 하다 보니 둘은 중학교 동창이었다. 그러니 더욱 가까워질 수 있는 충분한 실뿌리를 가지고 있는 셈이다. 나는 은영이한테 무슨 일이 생긴 것 같다고 걱정하였다. 순하도 그 정도는 감 잡고 있었다.

"그 자식, 요새는 공부도 안 하고……. 맞아, 무슨 일이 있어."

"야, 순하야. 이따가 은영이네 집에 한번 가 볼까?"

"은영이 집에?"

순하는 잠시 내 눈길을 피하면서 망설였다.

"오늘은 좀 곤란한데……."

나는 몹시 난처해하는 순하를 곁눈질하면서, 아차 내가 너무 무리한 말을 했구나, 하고 한 걸음 물러섰다. 기말고사가 다가오면서 순하는 내가 보여 주는 소설조차 부담스러워하는 눈치였다. 드러내 놓고 표현하지는 않아도 어렵게 점령한 일등 고지를 다른 사람에게 내주고 싶지 않은 욕심과 초조함이 눈빛에서 맴돌고 있었다. 일학기 때와는 달리 여유가 없어 보였다. 나는 그런 순하에게 부담을 주어서는 안 된다고 주억거렸다.

집에 오자마자 자전거를 끌고 나왔다. 반장한테 알아낸 은영이 주소를 손에 쥐고 자전거를 몰아갔다. 나는 천성적으로 길눈이 어두운데다가 모든 골목이 다 같아 보일 정도로 특징 없는 도시의 골목골목에서 무척이나 허둥거렸다. 주변머리가 없고 낯가림마저 심한 성격이지만, 동네 터줏대감으로 보이는 노인들이 꼼지락거리는 구멍가게나 이발소가 보이면 일부러 들어가서 물어보았다. 그래도 은영이네 집을 찾지 못했다. 그건 내가 아둔하고 길눈이 어두운 탓도 있지만, 그만큼 은영이가 사는 동네가 복잡하다는 뜻이기도 했다. 내가 사는 동네보다 더 높은 산동네였고, 집들이 한결같이 허술해 보였다. 그 많은 집 중에서 은영이가 사는 곳을 찾아내기란 쉽지 않았다. 나는 끝끝내 은영이네 집을 찾지 못하고 돌아왔다.

그다음 날도 은영이는 보이지 않았다.

수업이 끝난 뒤 전화를 해 보니 아버지인 듯한 남자가 받았다.

"누구? 은, 영, 이? 없다!"

도마에서 토막 난 생선처럼 토막토막 끊어지는 소리, 잔뜩 쉰 목소리였다. 더 물어볼 엄두가 나지 않았다. 지금 집에 없다

는 뜻인지, 아니면 어디 먼 곳으로 갔다는 뜻인지 당최 가늠할
수가 없었다.

순간 판박이처럼 정태가 떠올랐다. 혹시 정태처럼? 아니다.
은영이가 학교를 팽개칠 이유가 없다. 나는 애써 울렁거리는
마음을 가라앉히고 도서관에 가서 책에다 마음을 모았다. 그
래야만 편안하게 숨을 쉴 수 있었다. 그래야만 잠시나마 은영
이로부터 자유로울 수 있었다. 예상대로 책은 내가 원하는 대
로 나를 완벽하게 지켜 주었다.

매연이 자욱한 거리거리에서 악착같이 살아남은 은행나무
들이 이파리를 우수수 떨어뜨렸다. 나무들이 공들여 물들인
잎들은 나흘에 걸쳐 불어닥친 채찍 바람에 거의 다 손을 놓아
버렸다.

여전히 은영이는 소식이 없었다. 나는 노란 은행 잎을 밟으
며 하루하루를 묵혔다. 내가 더 슬픈 것은 우리 반 아이들이 은
영이가 없음을 너무도 쉽게 받아들이고 있다는 사실이었다.
담임도 그 때까지 별다른 언급이 없더니, 갑자기 아침 자습 시
간에 나를 복도로 불러냈다. 선생님은 깊은숨부터 들이켰다.

"이시우, 네가 은영이랑 친했다면서?"

나는 괜히 죄지은 것처럼 고개를 떨궜다. 왜 내 친구들은 다
이래야만 하는지, 악이라도 쓰고 싶었다.

"요새 은영이한테서 이상한 점 못 느꼈니?"

"모르겠습니다."

"참, 이렇게 전혀 생각지도 못했던 놈까지 문제를 터뜨리니……. 은영이가 집을 나갔단다. 어제 은영이 아버지를 만났다."

그 말을 듣자 은영이한테 빌려 준 돈이 떠오르면서 배신당한 기분이 들었다. 얼굴이 훅 달아올랐다.

"벌써 몇 번이나 집을 나가려고 했던 모양이야. 은영이네 집이 너무 어렵거든. 어머니가 장애인이고, 아버지마저 작년부터 몸이 안 좋아서 일을 못하시는데, 며칠 전에 무리하게 일을 하다가 다치신 모양이야."

나는 선생님 말을 들으면서 급하게 돈을 구하러 왔던 은영이의 절박한 눈빛을 떠올렸다. 그랬을 것이다. 은영이는 집 나가는 것 때문이 아니라 아버지의 병원비 때문에 나한테 도움을 요청했으리라. 나는 그렇게 생각의 마침표를 찍었다. 선생님 말에 따르면 은영이는 아버지랑 많이 다퉜다고 한다. 학교를 그만두겠다고 하자 아버지가 만류했고, 그래서 끝내 집을 나가 버린 모양이다. 서울 가서 돈 벌겠다는 짧은 편지를 남긴 걸로 보아 우발적인 행동이라고 치부할 수는 없었다. 선생님은 혹시라도 은영이한테 연락이 오면 꼭 알려 달라고 당부했다.

그 날 오후 늦게 터덜터덜 교문을 빠져나오다가 불현듯 뒤돌아보자, 학교 건물 너머로 바닷물이 끓어 넘치듯 노을이 번져 올랐다. 나는 멍하니 노을을 보다가 누가 어깨를 툭 치는 바람에 정신을 차렸다. 순하가 옆에 서 있었다.

"야, 은영이가 왜 가출했대?"

나는 꾹 다문 입을 열지 않았다. 은영이한테 관심도 없던 놈이 새삼스럽게 아는 체는.

"야, 아무리 집안 사정이 어렵고 그래도 우린 아직 어리다. 어른이 아니라는 말이다. 기분이야 뭐든 다 할 것 같지만, 어디 사회가 그러냐? 우리 같은 놈들이 어디 가서 돈을 벌겠냐? 고작해야 자장면 배달이나⋯⋯. 뻔히 그런 걸 알면서도 은영이는 너무 극단적이야. 나는 어른들이 할 일이 있고, 우리 같은 놈들이 할 일이 있다고 생각해."

"오죽하면 그랬겠냐!"

"그래, 그 심정을 내가 어찌 알겠냐마는⋯⋯. 난 은영이 행동이 잘못됐다고 생각해. 죽든 살든 고등학교는 졸업해야지. 그럴수록 공부를 파고들어야지."

어라, 지가 공부 잘한다고 모범생 같은 말만 퍼지르고 난리네. 나는 비위가 팍 상하는 걸 느끼면서 순하를 흘겨보았다. 가래침이라도 그놈 운동화에다 뱉어 주고 싶었다. 이제 더는 순하한테 속마음을 털어놓기 어려울 것 같다는 생각이 들었다.

"시우야, 내가 너한테 이런 말을 하는 건⋯⋯. 너는 그럴 리 없겠지만, 혹시라도 무슨 일이 생겨도, 너만은 그렇게 극단적인 행동을 하지 말라고 하는 말이다. 내 말 기분 나쁘게 받아들이지 말고⋯⋯."

그제야 나는 순하가 은영이 이야기를 끄집어낸 맥락을 추려
낼 수 있었다. 나름대로 나를 소중한 친구로 여기고 있었던 것
이다.

"순하야, 고맙다. 걱정 마라. 나는 선생들이 학교 오지 말라
고 해도 졸업은 할 테니까……."

그렇게 말을 흘려 내면서도 순하에 대한 내 감정이 빠르게
식어 내리고 있음을 느꼈다.

나하고 친하던 친구 둘이 학교를 등졌다. 한 놈은 학교 생활
에 적응하지 못했지만 한 놈은 나름대로 착실한 놈이었다. 그
런데 결국 다 같은 놈이었다. 다만 겉보기에 달라 보였을 뿐이
다. 그렇다면 지금 남아 있는 학생들도 언제든지 학교를 그만
둘 수 있는 불안한 존재들이 아닌가. 그놈들보다 먼저 학교를
등졌어야 할 사람은 난데, 왜 나는 여기에 남아 있을까. 무엇이
나를 지켜 주고 있을까. 어머니? 형제들? 아님 문학인가? 모
르겠다. 분명한 건 책이라는 것을 온몸으로 받아들이면서, 나
는 이 자리를 지키고 싶은 마음이 더 강해졌고, 점점 새롭게 거
듭나고 있다는 사실이다.

나는 시험 기간에도 책 보는 일을 소홀히 하지 않았다. 나에
게 책은 밥이나 마찬가지고, 하루에 원고지 몇 장이라도 써야
만 편안하게 잠을 부를 수 있었다. 내 책상에는 유명한 작가들
의 소설을 옮겨 적은 원고지랑 내 생각들이 둥지를 튼 원고지

가 나란히 탑을 이루고 있었다. 나는 그것들을 부적처럼 생각하면서 하루하루를 연명하고 있었다.

이학기 기말고사도 막을 내렸다. 희비가 교차했다. 중간고사에서 일등 고지에 깃발을 꽂았던 순하가 3등으로 밀렸고, 나는 제자리걸음을 하였다. 순하는 침울해했다. 나는 순하에게 밑거름이 될 만한 어떤 말도 건네지 못했다. 이제 순하는 더는 나를 찾지 않을 거다. 문학이니 뭐니 신경 쓸 겨를이 없을 거다. 내년에는 기필코 일등을 탈환해야 하고, 그다음에는 전교 일등, 그다음에는 또다른 목표가 잠시도 순하를 놓아주질 않을 테니까. 순하하고 나는 그렇게 가는 길이 다르다.

나는 더욱 말수가 줄고, 이제는 살랑살랑 눈웃음 나누는 친구도 없었다. 그저 책이 내 동무일 뿐이다. 가끔씩 정태랑 은영이가 떠오르면 밉기도 하고, 그리움도 일렁거렸다. 아직 내가 그 깊이를 가늠할 수 없는 사회에 먼저 나가서 온몸으로 허우적거리면서 살아가는 그들을 떠올리면, 이미 그들은 나하고는 다른 사람이 되어 있을 것 같았다.

겨울방학이 다가오자 작은 설렘 하나가 꿈틀거렸다. 신춘문예 결과를 기다리는 수많은 작가 지망생 중 하나라는 사실이 은근히 나를 들뜨게 하였다. 아, 내가 당선된다면 얼마나 좋을까. 그렇다면 나를 옭아매고 있는 모든 고삐를 끊고 용처럼 승천할 수 있을 텐데. 작가만 된다면 대학도 문제가 없고, 학교에서도 선생님들의 눈치를 보면서 바퀴벌레처럼 피해 다니지 않아도 될 텐데.

흰 눈이 새해 첫날을 눈부시게 펼쳐 냈으나 나에게는 아무런 소식이 없었다.

22

새해 세 번째 날이었다. 등기우편이 왔다. 겉봉에 은영이 이름이 적혀 있었다. 편지 봉투 속에는 우체국 소액환 십만 원권이 들어 있었다.

내 마음의 벗 시우야

웃기고 있네. 혼자 잘나서 서울 가더니, 마음의 벗은 무슨…….

우린 이젠 이기고 지는 양쪽에서 人生을 바라보고 있다.
人生, 중학교 교과서 「무지개」란 단원에서 소년은 무지개를 잡으려고 수많은 발자국을 남기고, 백발이 되도록 헤매면서 세월을 보냈다. 우리가 쫓는 人生 또한 허상을 쫓다 허상 속에 매몰되고 또 그렇게 살아가는 것 아니겠니?
책 보고 연구하는 것은 허상이란 베일을 어느 정도 벗기는 데 필요한 일이자, 남으로부터 학대받는 더러운 모욕의 대상

으로부터 탈피하려는 수단이 아니겠니? 그래서 나는 공부를
위해서가 아니라 내 마음의 살을 만들기 위해서 冊을 가깝게
해 왔다.

허나 아직은 공부를 위해서, 내가 남들과 경쟁하기 위해서
책이 더 필요하다는 것을 잘 안다. 나 또한 앞으로 그렇게 살
아야만 한다.

내가 너라는 놈을 눈여겨보고 親舊로 생각한 것은, 너라는
놈은 책을 공부를 위해서 보지 않았기 때문이다. 그것이 내
게는 頂上으로 보였다.

아따, 더럽게 한자 갈기면서 심오한 척 지껄이네.

아무튼 너는 그런 冊을 버리지 말고 살기를 바란다. 내가 돈
벌면 맨 먼저 너한테 冊부터 사 줄게. 이건 내가 너한테 돈
빌리던 그 날 밤 생각한 거야. 그리고 미안하다. 서울 와서
생각해 보니, 우리 반에서 學校를 그만둔 親舊 둘이 다 너하
고 친하던 놈들이더구나. 내 걱정은 마라. 내년에 너한테 검
정고시 합격 소식을 전할 테니까. 니들이 보기에는 어리석다
고 생각할지 몰라도, 나는 이게 최선이다. 그래야 동생들을
가르치고, 엄마 아빠도 모실 수 있을 테니까…….

효자 났구먼, 진짜 효자 났어!

저번에 빌린 돈부터 보낸다. 여기는 가방 공장인데, 공장장 님이 좋아서 한 달치 가불을 받았다. 졸려서 오늘은 이만 쓰고, 다음에 또 써야겠다.

은영이가 보낸 돈을 받고도 전혀 기쁘지 않았다. 가방 공장에서 가불받은 돈, 이미 나하고는 전혀 다른 세상의 인간이 되어 버린 놈, 그놈이 내 친구라는 사실을 받아들이기에는 너무나도 가슴이 아팠다.

그 날 밤 나는 더 이상 친구를 사귀지 않겠다고 다짐하면서 느릿느릿 답장을 썼다. 은영이에 대한 미움과 절망 그리고 차마 그놈의 속내를 짚어 내지 못한 내 어리석음에 대한 미안함, 넌 참 좋은 놈이었다는 회한 섞인 말을 빌려다가 내 마음을 대신해 보았다. 그런 다음 은영이랑 정태가 나오는 이야기를 밤새도록 원고지에다 마구 썼다. 소설도 아니고 수필도 아니고 일기에 가까웠다. 그놈들 기억, 웃음 짓는 모습, 말투, 축구할 때 실수한 친구를 구박하는 모습, 모든 기억들을 갈퀴질하여 글로 풀어 갔다. 그러면 뭔가 풀릴 것 같았는데, 아침이 되자 더욱더 가슴이 아려 왔다.

23

편지를 부치고 오자 은영이 생각이 더 강해졌다. 도저히 이 도시에서 혼자 버틸 자신이 없었다. 책을 보아도 제대로 읽을 수가 없었다. 자꾸만 은영이가 떠올랐다.

나는 호주머니에 있는 돈을 모두 털어서 책을 산 다음 자전거에다 실었다. 꽃이 지고 잎이 지고 열매마저 놓아 버린 숲은 숭굴숭굴한 사람의 얼굴 같았다. 나는 그렇게 산과 산 사이로 풀어진 길을 따라, 사람들의 숨소리를 품고 옹기종기 모여 사는 마을과 마을 사이 길을 따라, 사람들의 살과 뼈가 되는 곡식들이 철들어서 떠나간 들과 들을 따라 자전거를 몰아가다가, 일부러 해를 서산 너머로 배웅하고는 어둑어둑해진 다음에야 마을로 들어섰다. 그래야 마을 사람들 눈에 띄지 않기 때문이다.

어머니는 대뜸 내 얼굴을 보더니, 조금 안도하는 표정을 지어 보였다. 내가 제대로 공부의 길을 잡아 가고 있지 못하다는 걸 잘 알고 있을 텐데도, 어머니는 그런 이야기는 한마디도 건드리지 않았다. 어떻게 내가 온 걸 알았는지 살가운 이웃 분들이 와서 공부 이야기를 긁어내고, 장차 판사가 돼라 외교관이 돼라 해도 어머니는 한마디 속엣말을 꺼내지 않았다. 다만 내가 잠들 무렵 가만히 다가오더니, 내 손을 꼭 잡아 주었다.

"얼굴 봉께로 편해 보인다. 공부야 싸묵싸묵 해도 되니까, 한사코 니 몸, 니 마음 잘 다독이면서 살어야 써. 그것이 우선이다. 지 몸도 못 다스리면서 무슨 공부가 되겠냐!”

나는 그런 어머니가 한없이 고마웠다. 당장 내가 미래에 대한 전망을 화려하게 보여 주지는 못하지만, 그래도 이제는 흔들림 없이 살아가겠다는 자신감 비슷한 것만큼은 보여 주고 싶었다. 무엇이 될지, 어떤 모습으로 살아갈지 모르지만, 더는 흔들리지 않겠다는 각오 정도는 보여 주고 싶었다. 그렇지만 끝내 입을 열지 않았다. 어머니한테 내 꿈에 대해서 말할 수 없었다. 어떻게 어머니한테 작가가 되고 싶다는 말을 할 수 있겠는가. 어머니가 작가가 뭔지 알까? 자꾸만 작가가 되고 싶다는 생각이, 할 수 있다는 믿음이 흔들렸다.

그런 생각을 하다가 잠이 들었는데, 누가 내 종아리를 어루만지는 감촉에 눈을 떴다. 어머니였다. 나는 가만히 있었다. 일학기 때하고는 달리, 이제 내 종아리에서도 멍이 사라진 지 오래였다. 나는 그렇게 멍 없는 다리를 보여 주는 것만으로도 뭔가 큰일을 한 것 같았다.

다음 날 날이 밝았어도 고향 친구들은 만나지 않았다. 그들이 부담스러웠다. 나는 그들에게 아무런 희망이 될 수 없음을 고백하고 싶었지만, 그럴 만한 자신도 배짱도 없었다. 그래서 나는 마당을 벗어나지 않았고, 쥐오줌 냄새가 가득한 방구석에서 하루 종일 책만 보았다. 어머니는 내가 책 보는 것을 흐뭇해하였다. 어머니는 은근히 아들이 책 보는 풍경을 감상하였고, 그 풍경을 흐리지 않으려고 무척이나 조심하였다. 가끔씩 휘몰아치는 바람한테도 조용하라고 타박하는 눈초리였다. 나도 그런 어머니의 눈빛이 좋았다.

　겨울바람이 한판 오지게 눈발을 퍼부어서 세상 모든 것들에게 하얀 이불을 선물하던 일월 중순 어느 날이다. 아침상을 차리던 어머니가 전화를 받더니, 나한테 수화기를 넘겨주었다. 나는 고개를 갸우뚱하면서 전화를 받았다. 나한테 전화할 사람이 없기 때문이다.
　"시우야!"
　나를 부르는 그 목소리는 바로 정태였다.
　"야 이 새끼야!"
　나도 모르게 그 말이 튀어나왔다. 실은 정태야, 하고 말하려고 했는데 엉뚱하게도 욕설이 튀어나와서 나를 당황하게 하였다. 어머니가 놀라서 쳐다보았다. 그제야 나는 목소리를 달랬다.
　"너 어디냐?"
　"니 자취방 앞이다. 오늘 아침에 왔다, 너 보고 싶어서."
　"여기 시골이다. 이리 올래?"
　"진짜 가도 되냐?"
　"그래, 와라."
　나는 전화를 끊고 나서도 멍하니 수화기만 내려다보았다. 큰 배를 타고 망망대해를 항해하고 있을 거라고 생각했는데,

128

그놈이 온다니 믿어지지 않았다. 나는 어머니한테 정태에 대해서 숨김없이 다 말했다. 정태가 오면 따뜻하게 맞아 달라고 특별히 부탁까지 했다. 어머니는 정태가 학교를 그만둔 것이 가슴 아프다고 하였을 뿐 이렇다 저렇다 감정 표현을 하지 않았다. 어쩌면 내가 그런 친구하고 가깝게 지내는 것이 못마땅하고 불안했을지도 모른다. 어쨌든 어머니는 점심 무렵에 마당으로 들어선 정태를 마치 친조카 맞이하듯이 반겨 주었다.

"추운디 오느라고 고생했네. 어서 오소. 어린 사람이 배 타니라고 얼굴이 많이 깎였구먼."

정태가 나를 보고는, 왜 그런 말까지 다 했냐고 타박하는 눈빛을 보냈다. 나는 괜찮다는 표정을 지어 보였다. 정태도 이내 표정을 바꾸고는 넉살 좋게 받아쳤다.

"어머니, 바닷바람이 얼굴은 깎아 버렸어도 마음은 깎지 못합니다요. 제가 비록 학교는 조기 졸업해 버렸지만, 남들보다 열배 백배 열심히 일하고 돈 벌고 있습니다. 제가 시우 뒷바라지도 할게요, 어머니."

"오매, 말이라도 고맙네, 고마워. 시우가 복이구먼, 복이여. 요런 친구를 두고……"

어머니는 진정으로 고마워하였고, 암탉 한 마리를 잡아서 자식한테 먹이듯이 좋은 살을 골라서 정태 그릇에 담아 주었다. 정태는 고기를 먹으면서도 계속 고맙다는 말을 하였고, 어머니가 부모를 원망하지 말라고 말할 때는 살짝 고개를 돌리면서 끓어오르는 감정을 삼켰다. 나는 정태가 울음을 씹고 있음을 알았다. 그렇지만 정태가 눈물을 보일 정도로 가슴이 무른 놈이 아니라는 것도 알았다.

어머니가 밖으로 나가자 정태가 말했다.

"시우야, 나 오늘처럼 맛있는 밥…… 처음이다. 잊지 못할 거다."

내가 보기에 정태는 별로 달라진 게 없었다. 얼굴도 별로 타지 않았고, 키가 자라지도 않았다. 그런데도 커 보이고 강해 보였다.

"나, 니 어머니를 진짜 내 어머니로 모시고 싶다."

"짜식……. 그래라."

"잘 지내지? 내 느낌이 그런가, 조금은 얼굴이 편해 보이는데?"

"너만 있었어도 더 좋았을 텐데……. 은영이 알지? 그래, 기생오라비처럼 생긴 놈. 너 학교 그만둔 뒤로 그놈이랑 친했는데, 문둥이들……. 그놈도 학교 그만뒀다. 학교 그만둔 두 놈이 다 내 친구다. 그러니 어쩌겠냐?"

"은영이? 그 범생이 같은 놈……. 그랬구나. 난 말 한마디 안 해 봐서……."

정태가 한숨을 몰아서 뱉었다.

나는 벽에다 등을 기대며 눈을 감았다. 어머니가 부엌에서 나가는 소리가 들렸다. 나는 목소리를 낮추면서 말을 이어 갔다.

"미워 죽겠다……. 정작 그만둘 놈은 난데……."

내 옆으로 바싹 붙은 정태의 숨결이 느껴졌다. 나보다 더 크고 힘차게 숨을 내뱉고 있었다.

"니가 가고 나서 미쳐 버릴 것 같았지. 뭐가 나를 붙잡았는지 모르겠다만, 그 많은 것 중에 하나가 어머니일 거야. 그래, 적어도 고등학교 졸업장만큼은 어머니한테……. 확 집을 뛰쳐나가려고 하면 어머니가 떠오르고, 서울에서 돈 벌고 있는 형이랑 누나가 떠오르고……. 둘 다 나보다 공부를 잘했어. 근데 집안이 어려워서 고등학교에 못 갔어. 난 운이 좋지. 형이랑 누나가 가르치거든. 너만 힘든 거 아니야. 나는 차라리 너처럼 혼자였으면 좋겠다는 생각을 얼마나 많이 했는지 몰라. 외롭기는 해도 등이 무겁지는 않잖아. 부담도 없고. 나는 고향에 와서도 친구들 얼굴도 제대로 못 본다. 그놈들은 항상 나를 우러러보고, 나중에 뭐가 돼라 어쩌고 하지. 동네 어른들은 또 어떤 줄 아냐? 법대 가라, 의대 가라……. 그런 말 들을 때 내 심정을, 니가 잘 알다시피 학교에 적응도 못하는 내 심정을……. 근데 너만 힘든 체하고 싹 도망쳐 버리냐!"

꼭 한 번 누군가에게 고해성사하고 싶은 말이었고, 그래서 술술술 흘러나왔다.

정태가 이불 속에서 내 손을 꽉 잡았다.

"그래, 나도 경솔했다고 후회한 적도 있고, 돌아가려고 한 적도 있지만……. 이런 내 운명을 받아들이기로 했어. 이젠 후회 안 해. 물론 힘들어. 죽도록 얻어터지고, 몇 번이나 바다로 뛰어들고 싶은 충동을 느끼기도 했지만……. 그 때마다 오기가 생기더라. 더 잘 살아서 보여 주고 싶다고, 그 동안 나를 비웃고 무시한 모든 사람들에게 보여 주고 싶고, 복수하고 싶다고. 니 생각도 많이 했다. 너한테 작가 되라고 한 거 장난 아니다. 물론 나라도, 내가 니 동네 친구라고 해도 너한테 큰 기대를 할 것이다. 판사니 검사니 의사니……. 내가 잘은 모르지만, 작가가 의사나 판사보다 못한 건 아니잖아?"

"그걸 어떻게 설명하냐? 땅밖에 모르고, 판사나 검사밖에 모르는 동네 사람들한테 작가 되겠습니다, 작가도 위대합니다, 하고 어떻게 말하냐고? 어쨌든 책 때문에 산다. 그거 하나 믿는다. 너 도망치고 은영이 도망치고, 나 자신이 터져 버릴 것 같을 때 나를 지켜 준 건 책이다. 나 책 아니었으면 너보다 더 일찍 때려치웠을 거다. 어머니나 형제들 때문에 괴로워했겠지만, 그래도 아마 견디지 못했을 거야. 고등학교 졸업할 때까지 책이나 실컷 보다가, 바로 군대 갈 거다. 가서 말뚝 박고, 그러면서 글이나 쓸까……. 고향에 와서 그런 생각도 했다."

"시우야, 너무 너 자신을 낮추지 마라. 이제 고작 일학년 지났다."

"허, 참. 배 타고 오드만 선생 같은 말 하고 자빠졌네."

"막상 학교에서 벗어나니까 그래도 거기가 그립고, 못한 것에 대한 미련도 생기고 그러더라. 그래서 하는 말이다. 은영이랑 내 몫까지 해야지……."

"진짜 선생 같은 말 나불대네. 그런 말은 그만 하고, 아무튼
와 줘서 고맙다."

"내가 고맙지."

우리는 한동안 손을 꼭 잡고 있었다. 이렇게 오랫동안 누군
가의 손을 잡고 있어 본 적이 없었다. 아직 사랑하는 여자 손을
잡아 보지 못했지만, 아마 이런 느낌이지 않을까 하는 생각이
들어서 피식 웃음도 나왔다. 내 살이 아닌데도, 그놈의 몸속으
로 흐르는 피의 느낌까지도 자유롭게 받아들였다.

정태는 잠이 들었다. 나는 정태가 깨지 않도록 조심조심 일
어나서 밖으로 나왔다. 어머니는 정태가 진솔해 보인다고 하
면서도, 한편으로는 너무 어린 나이에 세상을 많이 알아서 걱
정된다고 했다. 나는 정태에 대해 더는 말하지 않았다.

정태는 저녁 무렵에 일어나더니 가겠다고 했다. 어머니와
내가 붙잡았지만, 다음에 또 오겠다고 하였다. 워낙 눈빛이 강
해서 말릴 수 없었다. 정태는 어머니의 손을 꼭 잡고는 고맙다
는 말을 열 번도 넘게 한 다음 마당을 벗어났다.

정태를 배웅하고 돌아오자 방 안에 편지지가 접혀 있었다.
편지지 안에는 돈이 있었다. 이십만 원이었다. 하도 큰돈이라
만지기만 해도 가슴이 두근거렸다.

시우 봐라.

실은 일주일 전에 부산항에 입항했다. 여기저기 돌아다니다가 갑자기 네가 보고 싶었다. 내일, 또 배를 타야 한다. 가기싫다. 그래도 가야 한다. 이제 갈 곳은 거기뿐이다. 이런 따뜻함. 힘들 때마다 이 방, 네 손, 생각하겠다.

시우야, 네가 있어서 기쁘다. 고맙다. 내 몫까지 해라. 선생같은 말이 아니라 정태라는 못난 친구가 하는 말이다. 이 돈으로 책 사 봐라. 돈 벌면 너한테 책 많이 사 주고 싶었다. 그러니 부담 갖지 말고 받아라. 어머니한테 고맙다고 전해라.시간 없어서 이만 줄인다.

너의 영원한 친구 정태가

나는 그 편지를 여러 번 천천히 읽었다. 잠도 오지 않았다.자세한 말은 하지 않았지만 정태는 내가 상상할 수 없을 정도로 힘든 생활을 하고 있는 게 분명했다. 학교를 뛰쳐나간 여물지 않은 사람들에게는 그런 가혹한 세상이 기다리고 있다는뜻이다. 그래야만 하는가. 왜 세상은 어른들 위주로 되어 있을까? 얼마나 힘들었으면 죽을 생각을 하고, 그 지옥 같은 학교생활을 그리워할까. 나는 그런 정태한테 살이 될 만한 말 한마디 쥐어 줄 수 없었고, 그런 나 자신이 너무 작게 느껴졌을 뿐이다.

24

　정태가 다녀간 뒤 내 고민은 어느 때보다도 더 실제적이었다. 정태가 서 있는 자리도 힘들고, 은영이가 서 있는 자리도 힘들고, 내가 서 있는 자리도 힘들다. 우리는 각자 자기만의 길에 서서, 자기 혼자만의 힘으로 어른들이 장악하고 있는 세상 속으로 비집고 들어가야 하는 작은 퍼즐 조각이다. 여기서 뒤처지면 우리의 조각을 맞출 수 있는 기회가 그만큼 줄어든다. 작은 희망이라도 붙잡기 위해서는 더럽지만 공부하고 타협해야 한다. 그것이 최선이었다. 내가 대학에 갈 수 있을지 그건 장담할 수 없지만, 아직도 이 년이 남아 있으니 최선을 다해 보는 게 훗날 후회하지 않는 삶이 될 것 같았다. 그러다가 대학에 가지 못하면 직업군인이나 되어야지 하고 결심을 굳혔다.

　버들강아지가 쭉쭉 물을 빨아들이면서 부풀어 오르는 이월은 유독 짧다. 시끌벅적한 설 연휴가 썰물져 가고, 겨울방학이 끝나자마자 선배들 졸업식이 요란하게 갈무리되고, 설렁설렁 며칠 학교에 다니면 봄방학이다. 봄방학을 하던 날 우리 반 친구들 이름을 하나하나 연습장에 적었다. 다 고마운 존재들이다. 그들은 내가 어떤 바보짓을 해도 나를 따돌리지 않았다. 그런 친구들이 고맙다. 그렇지만 사라져 버린 두 친구의 빈자리를 떠올리자 가슴에 가시가 박혀 있는 기분이었다.

　다시금 지난 일년을 헤아려 보니 천 길 낭떠러지 외길을 어린아이가 배밀이하듯이 힘겹게 기어 왔다는 생각이 들었다.

내 생애 가장 잔인했던 시절이다. 그렇지만 나쁜 쪽으로만 곁
가지를 치고 싶지도 않다. 좋은 친구들하고 인연을 맺었고, 수
많은 책을 만났으며, 문학을 내 삶의 일부로 받아들였다. 그럼
에도 지난 일년이 십 년 세월을 묵혀 낸 것처럼 버거웠다는 사
실을 부정할 수는 없었다. 이제 다시 그런 방황은 없으리라.

나는 종업식이 끝나자마자 도서관에 갔다. 나를 지켜 주고
새로운 세계를 알려 준 책들에게 큰절이라도 올리고 싶은 심
정이었다. 백설공주가 나를 보더니 작은 책 한 권을 불쑥 내밀
었다. 재채기가 나올 정도로 묵은 책 냄새가 풍겼다.

"양덕수 선생님이 너한테 주라고 하더라."

나는 무슨 영문인지 몰라 백설공주를 빤히 보았다.

"모르지? 양덕수 선생님 다른 학교로 전근 가셨는데……."

다리 힘이 빠지면서 하마터면 주저앉을 뻔했다. 이 학교에
서 유일하게 나한테 봄볕 같은 눈길을 주었던 사람, 가까운 선
배 같았던 사람, 행여 내가 선생님이 된다면 꼭 닮고 싶었던 사
람. 왜 이런 경우를 대비하지 않았을까. 내가 낯가림이 심하고
표현하는 게 서툴러서 가까이 다가가지는 못했지만, 마음속에
서는 한없는 존경의 대상이었는데.

이시우 군 보게나.

조금은 갑작스럽게 전근을 가게 되었다네. 자네만큼은 편안
하게 보고서, 그간 못다 한 이야기라도 마무리하고 가려고

했는데 아쉽네. 多聞多讀多商量이란 말이 있네. 많이 듣고, 많이 읽고, 많이 생각하라는 말이지. 그 중에서 자네한테 지금 필요한 것은 많이 읽는 걸세. 나는 자네가 한 결심, 고등학교 졸업할 때까지 이천 권 이상의 책을 보겠다는 그 결심만큼은 꼭 허물지 않기를 바라네. 그리고 책 보는 것만큼이나 공부의 고삐도 늦추지 말게.

떠나면서 내가 좋아하는 시인의 시집 한 권 선물하네. 내가 고등학교 다닐 때 선생님한테 받은 것이라네. 휘트먼은 미국 시인인데, 자유와 평등과 사랑을 노래한 인도주의 시인이라네. 내가 힘들 때마다 의지하던 시들이라네. 어쩐지 이 책을 자네한테 물려주고 싶네. 그럼 이만 줄이네.

나는 만년필로 가늘게 눌러 쓴 양덕수 선생님의 편지를 두 번 읽은 다음 시집을 펼쳤다. 『풀잎』이라는 제목이 책 표지에 초록색 글씨로 촌스럽게 새겨져 있었다. 지금으로부터 이십여 년 전에 나온 책이니, 나보다 더 나이 먹은 책이다. 책 표지를 넘기자 '양덕수 군에게, 풀잎 같은 마음으로 살기를 바라네.' 하는 글과 함께 한자로 李仁修라는 이름이 적혀 있었다. 그 밑에 '이시우 군에게, 햇살 같은 마음으로 살기를 바라네.' 하는 글과 함께 양덕수 선생님의 이름이 나란히 써 있었다. 결과적으로 나는 두 분의 선생님한테 이 책을 선물받은 셈이다.

　나는 입술을 굳게 여미고 책장을 넘겼다. 첫 번째 시가 눈에 들어온다.

　　사람 자신을 나는 노래한다

　　사람 자신을 나는 노래한다, 독립된 개인을,
　　그런데 민주적이란 말, 대중이란 말을 나는 내세운다

　　머리에서 발끝까지, 사람 몸의 조직에 대해서 나는 노래한다.
　　시신(詩神)의 눈에 값진 것은 인상만이 아니라, 두뇌만이 아
　　니라,
　　요컨대 완전한 인체는 더욱 값진 것,
　　남자와 똑같이 여자를 나는 노래한다……

　휘트먼이라는 시인이 무엇을 말하고자 하는지 다 헤아릴 수는 없지만, 뭔가 어렴풋이 느껴지면서 그 시를 몇 번이나 되풀이하여 읊조린다. ‘머리에서 발끝까지, 사람 몸의 조직에 대해서 나는 노래한다’라는 대목이 정말 좋았다.
　작품 해설을 보니, 휘트먼은 교육을 제대로 받지 못했다. 열한 살에 학업을 중단하고 법률사무소와 의사 집에서 사환 노릇을 하였고, 한때는 가출도 하였다. 혼자서 문학 공부를 하였으며, 인쇄 노동자와 기자, 간호원, 교사 생활까지 다양한 일을 하며 살았다. 서른 살 때부터 시를 쓰기 시작한 휘트먼은 미국

시의 전통을 수립한 대시인이며, 오늘날 미국의 많은 시인들이 휘트먼의 영향을 받고 있다고 한다. 나는 그런 시인의 이력이 마음에 들었다. 어떤 일을 하든 문학을 할 수 있다는 암시를 주는 것 같았다.

나는 시집을 가방에 넣고 도서관을 나왔다. 벌써 봄볕은 살이 오르고 있었다. 교실 앞 화단에서는, 부드러운 바람이 봄소식을 알릴 땅을 물색하느라 마른 풀잎 사이를 헤집고 다닌다.

나는 서점에 가서 이학년 때 도움받아야 할 참고서를 장만하고, 정태가 주고 간 돈으로 몽땅 소설책이랑 시집을 샀다. 내 평생 그렇게 많은 책을 사 보기도 처음이었다. 그런데도 마음속에서는 뿌옇게 흐린 흙탕물이 흐르고 있었다. 양덕수 선생님이 떠나가자 가장 좋아하던 과일나무 하나를 잃어버린 기분이 들었다. 정태, 은영이, 이제는 양덕수 선생님까지 떠나갔다. 이제는 정말 혼자다.

나는 날마다 휘트먼의 시를 한 편씩 원고지에다 적어 책상벽에다 붙여 놓았다. 그리고 수학 문제가 제대로 풀리지 않거나 영어 단어가 외워지지 않을 때마다 올려다보았다. 시를 읊조리다 보면 은연중에 자극을 받으면서 새로운 각오를 다질 수 있었다. 때로는 시가 지친 내 머리를 부드럽게 어루만지듯이 풀어 주었다. 그 뜻을 알지 못해도, 그냥 시를 읽는 것만으로도 마음속 막힌 데가 뚫리는 기분이었다.

나는 올해 목표를 학급 석차 20등으로 잡았다. 우선 국어랑 사회, 역사만큼은 최고가 되고 싶었다. 중학교 때는 붙박이 전교 일등인 친구조차 국어랑 역사만큼은 시험이 끝나기 무섭게 나한테 답을 맞춰 보았을 정도였는데, 그런 최소한의 자존심마저 처참하게 허물어져 버린 세월이었다. 나는 자존심을 회복하기 위한 준비를 하였다. 그러면서 약점인 수학이랑 영어 과목을 보충한다면 충분히 20등 안으로 뛰어들 수 있다는 계산이 나왔다.

작년에 읽은 책을 대중해 보니 대략 칠백 권이었다. 올해는 작년보다 목표치를 올렸다. 아무래도 삼학년이 되면 책 볼 짬이 줄어들 거라는 판단이 섰고, 그렇다면 올해 천 권 이상의 책을 독파해야 한다. 문제는 시간이다. 성적을 올리기 위해서는 작년보다 몇 배 이상 참고서에다 품을 팔아야 하는데, 책 읽는 시간을 어찌 늘릴 수 있을까. 결국 잠자는 시간에서 빼기를 할 수밖에 없었다.

25

수많은 생명을 잉태한 땅이 노골노골 녹아내리던 해토머리 즈음, 묏부리 바위들이 상서로운 무등산 꼭대기까지 혼자서 발돋움을 하였다. 아직도 응달에는 잔설들이 겨울의 응어리로 남아 있어도 내 몸은 힘차게 봄기운이 터져 나오는 버들강아지 같았고, 내 입을 떠나간 메아리도 힘이 넘쳤다.

이제 이 도시가 낯설지 않았다. 이 도시로 유학하여 발뿌리를 내리지 못하고 지난 일년간 엄청나게 몸살을 했다. 이제 그런 아픔은 없을 거다. 지난해 갑자기 내 몸으로 들이닥친 심리적인 공황 상태를 떠올리니 아찔하고 귀가 멍해지려고 한다. 나는 그 모든 기억들을 긁어서 뱉으며 새로운 각오를 다진다. 대학에 가서 바람을 닮은 자유로운 사람이 되어 마음껏 문학을 하리라. 그러기 위해서는 공부해야 하고, 학교 생활도 요령 있게 적응해야 한다. 나는 고등학교를 졸업할 때까지 술과 담배를 하지 않겠다고 다짐하였다.

산의 품에서 빠져나오자마자 어머니가 떠오른다.

"엄마, 저 시우예요!"

"오매, 어쩐 일이냐. 뭔 일 있냐?"

보통 낮에는 전화하는 경우가 없어서 그랬는지 어머니가 놀란 모양이었다.

"아니요, 그냥 엄마 목소리 듣고 싶어서요. 여기 무등산이에요. 산에 갔다 왔어요. 이학년이 되고 하니까 각오도 새롭게 다질 겸 해서요. 산에 오니까 좋네요."

"오매, 그래야, 잘됐다. 산바람은 언제 마시든 약이 된단다……."

어머니는 그 말을 해 놓고는 한동안 뜸을 들였다. 나 역시 하고 싶은 말이 많았지만 꾹 삼켰다. 어머니가 밥 잘 챙겨 먹으라고 말하더니, 뒤란에 매화꽃이 활짝 피었다고 덧붙였다. 매화꽃. 해마다 피는 꽃. 새삼 그 꽃이 보고 싶었다.

"엄마, 내가 심어 놓은 함박꽃도 피나 보세요."

나는 중학교 이학년 때 친구 집에서 얻어다가 심어 놓은 함박꽃을 떠올리면서 말했다. 그러고 보니 어머니랑 우리 집에서 한식구처럼 살아가는 꽃에 대해서, 풀에 대해서, 나무에 대해서 이야기를 나눠 본 적이 없다.

어머니가 그 말을 기다렸다는 듯이 대답했다.

"작년에 피었시야. 아조 이쁘게도 피었다. 안 그래도 니가 보면 얼마나 좋아할까 생각했다. 올해도 싹이 났는디, 저번에 추위로 다 사그라들어 부렀다만, 다시 날 것이다. 새싹은 약해 보여도야, 실제로는 나이 먹은 박달나무보다 더 강해야. 이 세상에서 가장 강한 것이 새싹이어. 어린 것, 막 시작하는 것, 그런 것이 강해야. 사람도 마찬가지다. 어른들이 강해 보여도…… 아니여, 애기들만큼 강한 것은 없다. 알았지야?"

나는 어머니가 무슨 말을 하는지 알 수 있었다. 새삼 어머니의 나이를 헤아려 본다. 환갑을 쇠지도 않고 지나친 지 벌써 오 년, 아니 육 년째다. 곧 칠순이다. 어머니의 몸속으로 그렇게 많은 세월이 구새먹으며 지나갔다는 사실이 믿어지지 않는다. 나는 항상 사십대의 어머니 얼굴만 기억하고 있었다. 그런 내가 부끄럽다. 올해는 어머니 생신만큼은 꼭 챙기겠다고 입술을 깨물면서 수화기를 내려놓았다.

구레나룻이 얼굴의 반을 덮고 있는 담임은 삼십대 중반의 수학 선생님이었다. 일학년 때 담임보다 학생들에 대한 애정이 고봉으로 철철 넘쳤으나, 지진아들이 아니라 공부를 잘하거나 나름대로 가능성을 보이는 학생들에게만 눈빛이 조준되어 있었다. 선생님은 싹수가 보이는 학생이라면 수단과 방법을 안 가리고 밑거름을 주겠다고 선언하였고, 싹수가 없는 학생들은 학교나 무사히 졸업하여 다른 진로를 모색하는 편이 낫다고 아예 까놓고 말했다.

나도 선생님으로부터 대학보다는 다른 진로를 모색하는 편이 낫다는 등외 판정을 받았다. 선생님한테서는 절대 매를 들지는 않아도, 공부하겠다는 학생들을 방해하면 그 때는 온몸으로 막아서겠다는 비장한 눈빛까지 엿보였다. 그러니까 이미 등외 판정을 받은 학생들은 조용히 학교나 왔다 갔다 하라는 경고인 셈이고, 정규 수업이 마무리된 뒤에 실시하는 자율 학습에 참여하지 않아도 된다는 무언의 허락인 셈이었다.

나는 그런 선생님의 교육관이 오히려 편했다. 애당초 나 같은 지진아까지 챙겨 줄 선생님을 바란 적도 없고, 그저 가만히 내버려 두기만 바라고 있었다. 피차간에 신경 쓰지 않고 사는 거다. 나 역시 눈곱만큼도 말썽 피울 여력이 없고, 선생님 역시 나 같은 놈한테는 따스한 눈길 한 번 주는 것조차 아까운 낭비라고 생각하니, 둘의 마음이 딱 맞아떨어지는 셈이었다.

나는 학교 게시판을 볼 때마다 시린 찬바람이 종아리를 휘

감고 오르는 듯한 서슬에 몸을 떨었다. 새 학기가 시작된 지 한 달 만에 징계를 받은 학생들이 제법 있었다. 어제도 '퇴학 한 명 유기정학 세 명'이라는 공고문이 붙었다. 인근 학교 학생들이랑 패싸움을 했다는 게 이유였다.

봄에 부임해 온 교장 선생님은 새치 하나 없이 세월을 다스려 온 사람으로, 실제 나이보다 이십 년은 젊어 보일 정도로 맑은 학자풍의 얼굴이었다. 교장 선생님은 조회 때마다 잘하는 학생들에게는 흡족하게 상을 내리겠지만 학칙을 어기는 학생들에게는 엄한 처벌을 내릴 거라고 으름장을 놓았다. 물론 그건 엄포가 아니었다. 사월 중순까지 퇴학당한 학생이 두 명이었고, 각종 징계를 받은 학생은 열 명도 넘었다.

올해는 유난히도 봄을 시샘하는 추위가 잦았고, 그 때마다 새싹들은 몸을 낮추면서 '어 추워, 어 추워!' 하고 엄살을 부렸다. 나도 학교 게시판을 바라볼 때마다 '어 추워, 어 추워!' 하고 누군가에게 엄살을 부리고 싶었다. 그만큼 마음이 추웠다. 학교에 들어서면 그야말로 살얼음판을 걷는 기분이었다.

나는 거의 새벽바람을 몰고서 학교에 갔다. 어지간하면 선생님들하고 마주치지 않으려고 했다. 그 어느 때보다 공부와 씨름하였고, 중간고사도 무리 없이 치렀다. 단번에 22등까지 뜀박질하였으니까 대단한 도약이었다. 예상대로 국어와 사회, 역사 과목들이 정상 궤도에 올라섰다. 국어는 90점이 넘었으며 역사는 한 문제 틀렸고, 다른 사회 과목들도 만족할 만한 성

적이었다. 내가 버거워하는 과목들도 조금이나마 길을 찾을
수 있었다.

26

이미 봄을 초월한 햇볕이 무르녹아 내 등에다 수백 마리 땀
지렁이 떼를 풀어 놓던 날이다. 나는 도서관에서 빌린 책을 까
만 비닐봉지에 담아서 나왔다. 가방은 교과서와 참고서로 가
득 차 다른 책이 비집고 들어갈 틈이 없었다.

화단에는 예쁘게 꽃 상을 차린 앉은뱅이꽃들이 여기저기 앉
아서 손님을 기다리고 있었다.

나는 앉아서 꽃구경하고 싶은 충동을 물리치면서 교문 쪽으
로 가다가 게시판 앞에서 멈칫거렸다. '청소년 문학상'이라는
커다란 글씨가 눈에 들어왔다. 대구에 있는 대학에서 시, 소설,
희곡, 수필 등을 모집한다는 내용이었다. 상금도 제법 많았다.
청소년을 대상으로 하는 문학상이 있다는 사실을 처음 알았
다. 가슴이 설레었다. 나는 주위를 오가는 학생들이 없을 때까
지 기다린 다음, 슬그머니 볼펜을 끄집어내서 공고문 내용을
적었다.

학교를 나오면서 이제야 내 능력에 맞게 도전해 볼 만한 곳
을 찾았다고 얼마나 흥분했는지 모른다. 그 동안 써 놓은 소설
들을 하나하나 떠올려 본다. 열 편이 넘는 단편소설이 떠오르

자 마음이 든든해진다.

그런 생각을 굴리며 큰길까지 오다가 왠지 한 손이 허전하다는 사실을 깨달았다. 가방을 내려다보는 순간 도서관에서 빌린 책을 게시판 앞에다 놓고 왔음을 알았다. 마침 앞에서 바람이 불어왔고, 나는 그것을 신호로 뒤돌아서서 학교를 향해 달렸다.

게시판 앞에는 아무것도 없었다. 나를 따라온 바람만이 운동장을 가로질러 선생님들이 기합 소리를 넣어 가면서 테니스를 치고 있는 쪽으로 달려갔다. 나는 한참을 서성거리다가 학교를 나왔다. 도서관 직인이 찍혀 있으니까, 내일이면 도서관으로 되돌아올 거라고 긍정적인 생각으로 매듭을 지으면서.

다음 날 학교에 가서 쉬는 시간마다 도서관을 기웃거렸고, 일부러 사서인 백설공주하고도 눈을 마주쳤지만 책에 대한 언급은 없었다. 다음 날도, 그다음 날도 책은 돌아오지 않았다. 나는 분실 신고도 하지 못하고 속앓이만 하였다. 그러다가 처음으로 책 반납 기간을 넘겨 버렸다.

어느 날 백설공주가 나를 부르더니, 왜 책을 반납하지 않나고 물었다. 그제야 사실대로 말하니 백설공주가 답답하다는 표정을 지으면서,

"그런 거라면 일찍 말을 했어야지."

하고는 점심시간에 도서관으로 오라고 덧붙였다.

점심시간에 도서관에 가니까, 키가 호리호리하게 큰 도서관

담당 채창기 선생님이 눈을 내리깔고 있었다. 올봄에 전근 와
서 이학년 국어를 가르치는 채창기 선생님은 얼굴이 약간 얽
둑빼기였다.

채창기 선생님이 나를 보자마자 대뜸 삿대질부터 하였다.

"책을 그따위로 함부로 취급하는 놈은 책을 볼 자격이 없어!
내일까지 잃어버린 책을 사 오고, 그 벌로 일학기 동안 대출받
을 수 없다!"

일학기 동안 대출을 받을 수 없다니! 그건 너무 가혹하다.
나는 선생님이 매로 다스린다면 다리가 부러져도 감당할 준비
가 되어 있었고, 책값의 열 배를 배상하라고 해도 거기에 따를
준비가 되어 있었다. 반성문을 백 장 써 오라고 해도 기꺼이
써 올 마음이었다. 오직 책을 볼 수 없다는 말, 그 말만큼은 받
아들일 수 없었다. 나도 모르게 그 자리에 꿇어앉았다.

"선생님, 잘못했습니다. 다시는 안 그럴 테니……."

채창기 선생님은 더 듣기 싫다는 듯이 곧바로 등을 돌리고
사라졌다.

양덕수 선생님이 사무치도록 그리웠다. 책을 보지 말라니!
그건 나에게 죽으라는 소리다. 나는 단 하루도 책을 보지 않으
면 당당해질 수 없는 존재다. 몇 번이나 채창기 선생님을 만나
려고 했으나, 그 때마다 선생님은 징그러운 뱀을 보듯이 나를
피해 버렸다. 그 선생님은 나보다 몇 두름의 세월을 더 살아왔
지만, 그런 세월만큼 눈빛이 넉넉하지는 않았다.

　학교에서 나오다가 문득 고개를 들어 보니, 서쪽으로 지는 해를 배웅한 구름들이 붉은 옷으로 갈아입고서, 귀가하는 새들의 얼굴을 따뜻하게 어루만져 주고 있었다.

　이제 책을 볼 수 없다. 숨이 막힌다. 벌써부터 가슴이 답답하다.

　모든 나무들이 자기 생김대로 꽃잎을 꾸미고, 가지마다 손톱만 한 잎새를 가꾸면서 하루하루 의미 있게 보내고 있었다. 학생들도 나름대로 자기들 생각을 펼치면서 활기차게 살아간다. 오직 나라는 인간만이 지푸라기처럼 가벼워진 느낌이다. 밥을 먹어도 배가 고프다. 책 냄새가 그립다. 서점에서 사 온 책도 바닥났다. 내 얼굴에서 웃음이 말라 버렸다. 하도 말이 없으니 짝꿍은 나를 '돌부처'라고 불렀다. 낙이 없다. 머리가 점점 비어 간다. 벽에다 붙여 놓은 휘트먼의 시조차 내 기분을 정화시켜 주질 못하니…… . 아!

　일학년 때 나를 옭아매던 증세가 다시 나타날 기미가 보였다. 귀울림이 시작되고, 마음이 불안해지고, 몸이 나른하면서 매사에 아무런 의욕이 없었다. 이대로 쓰러져 죽을 것 같았다. 가끔씩 요란하게 질주해 가는 구급차를 보면 가슴이 벌렁벌렁하면서 쓰러져 버릴 것 같았다. 나는 물을 먹지 못해서 시들어 가는 작은 나무인지도 모른다. 미치도록 책을 마시고 싶다.

　사납게 쏟아지는 소나기가 만들어 놓은 흙탕물처럼 하늘이

황사로 뿌옇게 흐려진 어느 날, 나는 자주 얼굴을 내밀던 헌책방에 가서 아르바이트 자리를 부탁했다. 적어도 책방에서 일하면 보고 싶은 책을 배가 터지도록 볼 수 있으리라는 기대가 나를 들뜨게 했다. 나는 저녁 여섯 시부터 열 시까지 일했다. 수많은 책들을 보면서 물을 본 오리만큼이나 기분이 좋았지만, 들락날락하는 손님들 때문에 제대로 책을 잡을 수가 없었다. 지친 몸을 자전거에 태워서 집에 오면 밥도 먹지 않고 그대로 곯아떨어지기 일쑤였다. 계절의 흐름마저도 느낄 수 없었다.

딱 한 달 만에 마지못해 헌책방 일을 접고 신문 배달로 방향을 틀었다. 신문 배달을 하여 번 돈으로 헌책을 사 보면서, 그럭저럭 일학기를 버티어 볼 작정이었다. 자전거를 타고 힘차게 새벽바람을 몰고 다니면서 신문 배달하는 거야 그리 힘들지 않았다. 수업이 끝나자마자 다시 신문 보급소에 나가서 수금을 하고 영업 활동까지 해야 하는 부수적인 일이 더 성가시고 시간을 잡아먹었다. 그야말로 학교 생활을 제외하고는 모든 시간을 신문 보급소에다 투자해야만 하였다.

나는 보름 만에 온갖 핑계를 다 동원하여 신문 돌리는 일에서도 도망쳤다. 돈 한 푼 받지 못하고 신문 보급소를 나오던 날, 술을 사 들고 집에 가서 죽도록 마셨다. 고등학교를 졸업할 때까지는 술과 담배를 멀리하겠다던 그 다짐을 지켜 낼 수가 없었다. 나는 술기운을 우군 삼아 채창기 선생님을 마구마구 욕하다가 집을 나와서 돌아다녔다. 그래도 분이 풀리지 않았다. 책, 책, 책…… 책을 보고 싶다.

나는 늑대처럼 울부짖으면서 시내를 마구 돌아다니다가 시립 도서관이라는 푯말을 발견했다. 순간 나도 모르게 손바닥으로 얼굴을 문지르고는, 시립 도서관으로 달려갔다. 경비 아저씨가 나를 막았다.

"학생, 어이 학생! 지금은 문 닫을 시간인데……."

그제야 나는 밤 열 시가 넘었음을 알았고, 술 냄새를 풍기지 않으려고 적당히 거리를 둔 채 말했다.

"여기서 책 빌릴 수 있지요?"

"암, 빌려 볼 수 있지. 학생증 가지고 와서 열람증 만들면 얼마든지 볼 수 있지."

나는 경비 아저씨의 말이 끝나자마자 "만세!" 하고 소리를 질렀다. 경비 아저씨가 눈을 말똥말똥하게 뜨고 쳐다보았지만 조금도 창피하지 않았다.

27

도시 사람들의 수발을 받으면서 행복하게 살아가는 덩굴장미들은 유월 초까지 줄기차게 꽃을 피워 냈다. 우리는 학교 담장에서 마지막 정열을 불태우고 있는 덩굴장미꽃의 배웅을 받으면서 수학여행 길에 올랐다. 충청도를 거쳐 경주까지 이동하는 긴 여행이었다. 워낙 이동 거리가 길고 형식적으로 스쳐

가기 때문에 문화유산을 보아도 눈에 들어오지 않았다. 학생들은 문화유산을 본다는 명목으로 며칠간 자유롭게 공부로부터 풀려날 수 있다는 생각에 들떠 있을 따름이다.

그래도 석굴암을 볼 때는 기분이 좋았다. 걸어가는 산길 가득한 솔잎 바람이 지친 내 몸 구석구석을 씻어 주었다. 신비하게 굴속에 앉아 있는 부처님을 넋을 놓고 바라다보았다. 그 부처님을 보면서, 해마다 초파일이면 창포물로 목욕재계하고 정갈한 치마를 입고 마을 뒷산에 있는 작은 암자에 가던 할머니를 생각했다. 비록 불교에 대해서는 문외한이지만, 지금 이 순간만큼은 저 부처님 앞에 꿇어앉고 싶었다. 내 앞날에 대해서 진지하게 물음을 던지고, 도움을 청하고 싶었다. 그만큼 돌로 만들어진 부처님은 신비로웠다. 나는 그런 느낌을 공책에다 적었다.

수학여행을 다녀온 뒤 학교 게시판에는 이학년을 대상으로 여행 감상문을 모집한다는 공고가 나붙었다. 특별히 교장 선생님의 지시로 여행 감상문을 모집하며, 푸짐한 상품도 준다고 덧붙여져 있었다.

나는 게시판을 보면서도 나하고는 상관없는 일이라고 거리를 두었다. 사실은 청소년 문학상에 응모하려 했으나, 예상치도 않게 책을 분실해 버리는 바람에 그런 결심조차 물 건너간 상태다. 그래선지 여행 감상문 따위에는 관심조차 없었다. 그런데 상 욕심이 많은 담임 선생님이 우리 반 모두에게 여행 감상문을 제출하라고 다그쳤다. 그 바람에 어쩔 수 없이 수학여행 다니면서 느낀 점들을 원고지에다 적어 냈다.

다음 날 담임이 내 이름을 불렀다. 혹시 내가 뭘 잘못했나, 하고 괜히 긴장부터 하였다.

"이시우! 이 글 니가 쓴 거 맞아?"

선생님이 나를 노려보면서 물었다.

"예."

나는 기분이 얼떨떨했다.

"네가 쓴 글이 좋은 평을 얻어서 상을 받는다. 다른 선생님들이 읽어 보고 모두 좋게 평가했다. 이번 일을 계기로 공부에도 더욱 신경 쓰기를 바란다."

나에 대해서 아는 아이들은 당연하다는 표정을 지었고, 잘 모르는 아이들은 뜻밖이라고 눈을 휘둘러보았다. 믿어지지 않는다. 상을 받다니! 나는 아직까지 상이라는 것을 받아 본 적이 없다. 그래서 실감이 나지 않았지만, 담임이 종례 시간에 다음 주 애국 조회 때 시상을 하게 된다고 다시 언급하자 그제야 꿈이 아닌 줄 알았다. 나는 집에 오자마자 어머니한테 전화를 했다. 내가 상을 받는다고 하자 어머니는 나보다 더 흥분하였다.

하루하루 상이 기다려졌다. 내가 상을 받게 되면 선생님들도 나를 다르게 보리라. 나만 보면 목에다 올무를 씌우지 못해 안달인 도라무통 선생님을 비롯하여 수많은 선생님들이 '어,

꼴통한테 저런 재주가 있었나!' 하고 눈알이 튀어나올 정도로 놀랄 거다. 나는 그런 달콤한 생각을 키우면서, 하루하루 더디게 흘러가는 시간을 재촉했다.

드디어 애국 조회가 열리는 월요일 아침이다. 이천 명이 넘는 전교생이 모여 있는 운동장에서, 내 이름이 불리기만을 기다렸다. 가슴이 떨리지만, 이런 떨림이라면 얼마든지 즐길 수 있었다.

수상자들 이름이 또박또박 흘러나온다.

"1반 김지명! 2반 소정우! 3반 이지정! 4반 이석형, 5반 박수은!"

나는 침을 꼴깍 삼킨다. 다음이 6반을 부를 차례였다. 옆에 서 있는 우리 반 아이가 나를 보면서 '너는 좋겠다' 하는 웃음을 보냈다. 그 때 전혀 뜻밖의 이름이 내 마음에 새겨졌다.

"6반 김철민!"

우리 반 아이들은 술렁거리면서 나를 보았고, 당사자이자 부반장인 김철민도 잘못 불린 게 아닌가 해서 자꾸만 나를 돌아보았다. 모두 다 그렇게 생각했다. 그런 생각에 오금을 박듯이,

"6반 김철민, 왜 대답 안 해!"

하고 구령대에서 교무주임 선생님이 재차 말하자, 김철민은 당황하면서도 "예!" 하는 말을 남기고 뛰쳐나갔다.

나는 고개를 떨궈 버렸다. 그래, 나 같은 놈이 무슨……. 나를 둘러싼 학생들이 절망의 너울 같았다.

왜 내 인생은 이래야 하는 건가. 그러고 보니 이런 일이 처음이 아니다. 초등학교 사학년 때도 이와 비슷한 일이 있었다. 아, 어째서 또 이런 일이 일어난단 말인가. 나는 맥없이 교실로 들어오면서 한없이 분노했다. 분노하면 할수록 '나 같은 놈이 무슨……' 하고 빠르게 체념이 되었다.

상을 받은 김철민조차도 이런 사태를 이해하지 못하고는,

"시우야, 미안하다! 왜 내가 상을 받는지 모르겠다."

하고 떨떠름한 표정을 지었지만 나는 애써 웃어 주었다.

담임도 왜 수상자가 바뀌게 되었는지에 대해서는 아무런 설명이 없었다. 그다음 날에야 반장이 어디선가 귀동냥한 소문을 근거로 조심스럽게 떠벌렸다.

"시우야, 원래 니가 최우수상을 받기로 되었단다. 그래서 우리 반이 한 명 더 상을 받기로 되어서 철민이가 뽑혔는데, 마지막에 채창기가 뒤엎었대. 니 글은 학생이 쓴 글이 아니고, 누가 써 줬거나 어디서 베낀 글이라고."

그 말을 듣고 나니 어찌 된 연유인지 짐작이 갔다. 채창긴지 초창긴지를 당장 찾아가서 머리가 으깨어지도록 들이받고 싶었다. 체념하려고 해도 가슴속에서는 분노의 불덩어리가 타올랐다. 왜 내가 그런 상을 받으면 안 되는지 따지고 싶었다. 엉엉 소리쳐 울고 싶었다.

28

학교에서 나오자 정태랑 은영이가 사무치도록 그리웠다. 그 친구들이 있으면 이런 내 마음을 어루만져 주었을 것이다. 물론 지금도 편안하게 이야기를 나누면서 지내는 친구들이 몇 있긴 하지만, 정태나 은영이처럼 마음 한쪽을 통째로 잘라 준 친구들은 아니다.

나는 슈퍼마켓에 가서 술을 사려고 하다가 주춤주춤 돌아 나온다. 슈퍼마켓 안에 학교 선생님 한 분이 눈에 띄었기 때문이다. 나는 미련 없이 수양버들 나무들이 한가락 하고 있는 하천가로 걸어갔다. 지난 늦가을에 오고 안 왔으니까, 오랜만이다. 고등학교 졸업장을 받고 편안한 마음으로 와서 낯익은 그 포장마차 아주머니한테 술 한 병 달라고 당당하게 말하고 싶었는데, 이렇게 또 오고야 말았다. 그 포장마차는 오늘도 텅 비어 있다.

"어서 오세요!"

아주머니가 반갑게 말해 놓고는 손님이 나라는 사실을 알자,

"너 오랜만이구나."

하며 턱을 가슴에 대고 쳐다보았다. 나는 애써 밝은 표정을 지었다.

"학교 잘 다니지? 이제 이학년이잖아."

나는 잘 다니고 있다고 눈웃음친다. 술을 마시려고 왔으나 배도 고팠다. 김밥을 시키고, 조심스럽게 더듬거린다.

"아주머니, 소주 한 병만……. 자주 안 먹어요. 작년 가을인가 여기서 마시고……. 오늘은 꼭 먹고 싶어요. 아주머니가 안 주면 슈퍼에서 사다가 집에 가서 먹을래요."

"무슨 일 있니?"

"그냥요. 아주머니가 술 파시니까 잘 알잖아요. 그냥 술 마시고 싶은 마음, 그런 심정……. 누군가에게 막 말하고 싶은 심정, 답답하고, 억울하고……. 근데 하소연할 길이 없을 때……."

"그럼 반 병만 해."

아주머니는 소주 한 병을 따더니, 빈 병에다 반을 따라 내고 건네주었다. 내가 잔에 따르려고 하자 어느새 앞에 와서 따라 주었다.

"내 아들은 너보다 커. 군대 갔어. 그러니까 엄마다 하고 받아. 이거 마시고, 집에 가서 푹 자. 자고 나면 다 잊혀져."

아주머니의 질펀한 정이 느껴진다. 술을 한두 잔 마시자 알딸딸해지면서 억울한 기분으로 가득 찬 마음이 조금은 풀어지는 걸 느낄 수 있었다. 나는 고향 마을 살가운 아주머니를 바라보는 눈빛으로 고맙다고 인사하고는 포장마차를 나왔다.

서너 걸음 앞에서 학생들 대여섯 명이 걸어오고 있었다. 학교 선배들이었다. 나는 적당히 거리를 두고 인사한 다음 지나쳤다. 그 중 하나가 "야!" 하고 나를 부른다. 나는 멈칫 뒤돌아보면서 다시 한 번 인사를 하고 걸어갔다.

“야, 거기 안 서!”

위협적인 목소리가 뒷덜미를 낚아챈다.

술이 확 깨는 기분이었다. 눈을 동그랗게 뜨고 뒤돌아보니 낯익은 삼학년 선도부원이 째려보고 있다. 나는 다시 인사를 하였다.

터벅터벅 다가온 선도부가 풀어진 내 교복 단추를 채워 주면서 말했다.

“가만있자, 네 이름이…… 그래, 이시우! 제발 정신 좀 차려라. 여기서 술 먹다가 선생님들한테 걸리면 어떻게 되는지 알잖아? 오늘은 선생님들이 학교 근처에 쫙 깔렸는데, 진짜 간댕이도 크다. 술 마실 시간 있으면 공부 좀 해라. 다른 짓이야 나중에라도 할 수 있지만, 공부는 때 놓치면 못해.”

제법 목에다 힘을 주면서 훈계를 하더니 내 머리를 툭툭 쥐어박는다.

“예, 알겠습니다!”

나는 고분고분 머리를 조아리면서 적당히 끝내 주기를 바랐다.

선배는 내 인내심을 시험하듯이 자그마치 삼십 분이 넘도록 훈계를 하면서 때로는 비웃고, 때로는 조롱했다. 뒤쪽에서 다른 선배가 뭐라고 훈수를 두기도 하고, 낄낄낄 웃기도 하였다. 포장마차에 있던 사람들까지 나와서 나를 눈요깃감으로 삼았다. 그야말로 동물원의 원숭이가 된 기분이었다. 그래도 참으려고 했는데, 누군가 비꼬았다.

"이 자식, 꼴통 같애!"

순간 나도 모르게 돌아섰다. 그러자 "야!" 하고 선도부 선배의 목소리가 돌멩이처럼 날아왔다. 나는 무시하고 걸어갔다.

"거기 안 서!"

다시 묵직한 목소리가 고막을 파고들었다.

그래도 멈추지 않았다. 누군가 내 앞을 막아섰다. 나는 애원하듯이 말했다.

"선배님들, 알았으니까, 제발 한 번만 봐주십시오!"

또다른 선배가 발로 나를 가로막으며 멱살을 잡았다.

"어쭈, 반항하겠다 이거지?"

누군가 내 엉덩이를 걷어찼다. 나는 "윽!" 소리를 내면서 가방을 떨어뜨렸다.

"이런 놈은 가만 둬서는 안 돼!"

한꺼번에 서너 개의 손이 내 멱살을 조이더니 하천가로 끌어내렸다.

나는 도둑한테 끌려가지 않으려고 생똥 싸면서 버티는 소처럼 안간힘을 쓰다가, 한순간 무기력해지면서 질질 끌려갔다. 어둡고 음침했다. 선배들은 각자 준비한 욕설을 퍼붓더니, 한꺼번에 달려들었다. 나는 얼굴만 손으로 감쌌다. 얼마나 맞았는지 모른다. 한 마리 벌레가 되어 이리저리 기어다니다가 배에 뭔가 깔리는 게 있음을 느꼈다. 나무토막이었다. 나도 모르게 나무토막을 집어 들었다.

　내가 나무토막을 마구 휘둘러 대자 선배들이 하나 둘씩 꼬리를 내리면서 달아나기 시작했다. 수많은 욕설이 허공에서 서로 충돌했다. 포장마차에서 나온 손님들이 뭐라고 소리쳤다. 경찰차 윙윙대는 소리가 고막으로 파고들었다. 나는 선도부 선배만큼은 놓치고 싶지 않았다. 잡히기만 하면 죽여 버리겠다고 악쓰면서 쫓아갔다. 그러다가 누군가 뒤에서 나를 끌어안자 덫에 걸린 야생동물처럼 몸부림치며 울부짖었다. 경찰이었다.

　나는 파출소로 끌려갔다. 내 얼굴은 피투성이였다. 경찰이 화장실로 데려가더니 얼굴을 씻으라고 했다. 씻고 나오자 선배 두 사람이 잡혀 와 있었다. 선도부 선배는 없었다. 선배들 얼굴은 말짱했다. 그들은 다른 경찰들 앞에서 뭐라고 말을 씨부렁거리고 있었다. 나를 화장실로 데려간 경찰이 종이 한 장을 내밀었다. 학교, 반, 나이, 주소, 왜 싸웠는지를 쓰라고 했다. 나는 망설임 없이 썼다. 기분이 좋지 않아서 술 한잔 마시고 가는데, 선배들이 시비를 걸었다. 그들이 나를 다리 밑으로 끌고 가서 집단 구타했다. 나는 죽지 않으려고 몽둥이를 들고 저항했다. 간단명료했다.

　삼십 분쯤 뒤에 담임이랑 또다른 선생님이 왔다. 선생님들이 경찰들이랑 십여 분가량 이야기한 다음, 먼저 담임이 나를 데리고 밖으로 나갔다. 담임이 내 얼굴을 쓱 훑어보았다.

"이시우! 평소 말수도 적고 착실한 놈인 줄 알았더니, 내 뒤통수를 치는구나. 이게 뭐냐? 한밤중에 민방위 훈련을 하는 것도 아니고……. 아무튼 내일 학교에서 보자."

그러고는 큰길가에서 나를 풀어 주었다.

29

새파란 멍들이 내 몸을 점령해 버렸다. 왼쪽 눈 밑에도, 오른쪽 눈 옆에도, 양쪽 관자놀이에도 멍들이 점령군 행세를 하였다. 피딱지가 생긴 입술은 물만 닿아도 쓰리고, 왼쪽 볼은 벌에 쏘인 양 퉁퉁 부어올랐다. 하도 아파서 밤새도록 끙끙거렸다. 더는 분노할 힘도 없었다. 조금만 신경을 쓰면 머릿속에서 밤송이가 굴러다니듯이 콕콕 쑤셔 댄다.

다음 날 눈을 뜨자 몸이 더 아팠다. 나는 그런 몸을 이끌고 두꺼비 걸음으로 집을 나섰다.

정문 앞에서 어제 나를 때린 선도부랑 다른 선도부원 넷이 기다리고 있었다. 그들은 내가 일찍 나온다는 걸 간파하고는 다른 날보다 일찍 나와 있었다.

선도부 선배들이 나를 체육관으로 끌고 갔다. 불이 켜지지 않아 어슴푸레하였다. 어제 죽도록 맞은 다리 밑이나 다를 바 없었다. 그들이 나를 에워싸면서 몸으로 울타리를 쳤다. 나는 어디 해볼 테면 해보라는 식으로 고개를 쳐들고 그들을 하나씩 훑어보았다. 이제는 어쩔 수 없다는 생각이 들었다. 그들과 나는 이미 타협할 수 있는 선을 넘어섰다.

선도부장이 손마디를 뚝뚝 꺾으면서 입을 열었다.

"너, 싸가지를 어디에다 소포 부치고 왔냐? 감히 선도부 선배한테 대들어!"

그와 동시에 망치만큼이나 무거운 주먹이 내 가슴을 쳤다. 나도 모르게 "윽!" 하고 소리지르며 허리를 굽혔다. 때를 맞춰 뒤에서 누군가 몽둥이로 등을 내리쳤다. 나는 앞으로 꼬꾸라지면서, 잘못하면 여기서 송장이 될 수도 있겠다는 생각을 하였다.

"니가 감히 선도부 선배를 쳐?"

내가 고개를 들려고 하자 다시 발이 옆구리를 찍었다.

"니 눈에는 우리가 그렇게 만만해 보이냐!"

이번에는 발이 목을 정교하게 걸어찼다. 머리가 띵하고 귀가 멍했다. 그런 식으로 조금씩, 야금야금, 적당히 뜸 들이며, 최대한의 힘을 실어서 목, 옆구리, 가슴, 아랫배를 골라서 가격하였다. 어제 집단 구타를 당할 때보다 더 고통스러웠다. 숨도 쉬기 힘들었다. 이놈들은 나보다 한 수 위였다. 나는 소나기 식 폭력을 예상했지만, 이놈들은 미제 정밀 유도탄처럼 내 약점을 찾아내서는 정확하게 타격을 하였다. 잠시 의식을 잃었다. 한 십 초, 아니 이십 초가량. 다시 정신을 차려 보니, 내가 그토록 미워하던 도라무통 선생님이 구원자로 와 있었다.

“너희들, 뭐 하는 짓거리냐!”

도라무통 선생님 말은 모두 암호처럼 들리고 고작 그 말만
이 해독되었다. 누군가 나를 부축하여 일으켰다. 그들은 나를
교실까지 부축해 간 뒤 의자에다 팽개쳤다.

“너 오늘 운 좋은 줄 알아!”

그러고도 분이 안 풀리는지 발로 내 얼굴을 짓뭉개고 나갔
다. 우리 반 아이들이 보는 앞에서 나는 한 마리 애처로운 벌레
가 되어 있었다.

제대로 앉아 있을 수가 없었다. 가만히 있어도 온몸이 아렸
다. 귀가 울리고, 심장이 널뛴다. 온몸에 얽힌 도랑을 타고 흐
르는 피가 아프다고 소리지르는 것 같았다. 그런 나를 담임이
과학 실험실로 데리고 갔다. 선생님은 그야말로 전쟁터에서
구사일생으로 살아온 듯한 내 몰골 따위는 아랑곳하지 않았
다. 그저 나 때문에 너무너무 골치가 아프다고 운을 뗀 다음 신
경질적으로 담배 연기를 콧구멍으로 내뿜었다.

“그나저나 이유나 들어 보자. 어제 왜 싸웠냐?”

나는 어젯밤 파출소에서 말한 그대로 되풀이하였다.

선생님이 헛웃음을 터뜨렸다.

“니 말 들으면 선배들이 다 깡패네. 야, 이시우. 그 선배들은
다들 반에서 일이등 하는 애들이다. 물론 성적으로 말하기는
그렇다만, 상식적으로 봐서 그렇다 이거야. 게다가 한 명은 선

도부고. 그럼 그 선배들이 이유 없이 너를 때렸겠나?"

담임 선생님은 애초부터 자신만의 밑그림을 그려 놓고 나를 다그치고 있었다. 성적으로 가름하자면 그들은 모범생이고 나는 불량 학생이다. 그러니 뭐라 반박할 수 없다. 학교라는 곳에서는 옳고 그름보다는 누가 더 성적이 우수한가 하는 것이 모든 평가의 잣대니까.

"그나저나 술은 왜 먹었나?"

나는 고개를 떨구면서 입을 꾹 다물어 버렸다. 왜 마셨냐고? 어찌 그 이유를 말할 수 있단 말인가. 내 자존심이 허락하지 않는다. 선생님은 모른다. 그 상이 나에게 어떤 의미인지. 선생님은 적어도 그 상의 임자가 왜 바뀌었는지 나한테 설명했어야 한다.

선생님도 더는 내 대답을 듣지 않겠다는 표정이었다.

"오늘 너에 대한 징계위원회가 열린다. 나도 어쩔 수 없다."

그 말을 하려고 나를 불러낸 거다. 그러니 마음의 준비를 하라는 뜻이다.

나는 유령 선생님한테도 불려 갔다. 유령 선생님도 나를 때린 선배들은 서울대 갈 모범생들이라고 한껏 치켜세우면서, 모든 게 나 때문에 일어난 일이라고 멍석말이를 해 갔다.

결국 올가미는 내 목을 향해서 조여 오고 있었다. 억울했다. 나는 일방적으로 얻어맞았다. 선배들을 무시하지도 않았고, 먼저 싸움을 걸지도 않았다. 그런데 모든 책임을 나한테 몰아

세웠다. 학교에는 내 우군이 없었다. 이학년이 된 뒤로 모든 게 좋아졌다. 성적도 어느 정도 궤도에 들어섰고, 문제아라고 낙인찍히지 않으려 얼마나 노력했는지 모른다. 나는 너무도 정상이다. 이학년이 된 뒤로는 학교에서 담배를 피운 적도 없고, 복장이나 두발 불량으로 걸린 적도 없다. 그러면 되지 않는가. 왜 자꾸만 나를 문제아로 몰아가려고만 하는가.

종례 시간에 담임이 남으라고 하였다. 선생님은 학생들이 교실에서 다 빠져나가기를 기다렸다가 준비된 말을 끄집어냈다.

"이시우! 시골에 전화해서 내일 어머니 좀 올라오시라고 해라."

그 말만 획 던져 놓고는 찬바람을 일으키며 돌아서 버렸다.

이미 선생님은 나를, 저놈은 구제할 수 없는 놈이라고 매듭을 지은 상태였다. 절망적이었다. 선생님, 하고 간절하게 부르고 싶은 걸 얼마나 힘겹게 참아냈는지 모른다. 딱 한 번이라도 좋으니까, 아니 형식적이라도 좋으니까 선생님의 따스한 눈길 한 줌 동냥받고 싶다.

집에 가다가 슈퍼에서 소주를 샀다. 술기운이라도 도움을 받아야 잠들 수 있었다. 너무 아프고, 너무 외롭고, 너무 힘들다. 주위에는 아무도 없다. 정태랑 은영이가 그립다. 나는 하루 종일 살이 될 만한 음식이라고는 아무것도 뱃속으로 보내지 못하고, 술만 마시다가 잠이 들었다.

사납게 지붕을 때리는 빗소리에 놀라 눈을 떴다. 아침이었다. 자리끼를 마시자 속이 더 쓰렸다. 간신히 라면을 끓여 먹고 학교에 갔으나 아무도 말을 걸지 않았다. 나를 두려워하는 건지 걱정하는 건지 모르겠다.

아침 자습 시간에 다시 담임이 과학실로 불렀다.

"어머니 오시니? 바쁘셔서 못 오신다고? 이것 참……. 나로서도 어찌할 수가 없구나. 어제 1차 징계 회의가 열렸다."

담임은 내가 일학년 때 복장 불량이나 두발 불량으로 지적받은 일, 담배 피우다 걸린 일, 학교 담을 넘다 걸린 일 등 까마득한 기억 속에서 썩어 없어진 사건들을 하나하나 끄집어냈다. 학교 도서관에서 빌린 책을 잃어버린 일까지 언급하였다.

"교장 선생님이 학교 분위기를 워낙 강조하시는 분이라, 이런 일은 적당히 넘겨서는 안 된다고 하시거든. 저번에 화장실에서 담배 피우다가 걸린 이학년 세 명도 징계받은 거 알지? 그래서 어머니 오시라고 한 건데……."

나는 예상보다 일이 심각하게 돌아가고 있음을 알았다. 그렇다고 내가 할 수 있는 건 없었다. 나라는 놈은 선생님들을 찾아가 무릎 꿇고 애걸할 수도 없는 존재로 낙인찍힌 상태였다.

30

오늘따라 어머니 얼굴이 양각 판화처럼 선명하게 떠오른다.

어머니가 이 일을 안다면 실망과 절망에 빠져서, 제초제를 풀어 놓고 목욕을 하는 것만큼 괴로워할 것이다. 어쩌면 막내아들한테 걸었던 희망을 놓아 버릴지도 모른다. 그런 어머니를 떠올리자 눈물이 왈칵 쏟아진다. 나는 찬물로 눈물을 다스린 다음 밖으로 나가서 공중전화 부스를 찾았다.

"그래, 무슨 일 없나?"

어머니 목소리는 밝았다. 무슨 일이란 상을 받았느냐는 암시였다. 그 때 얼마나 망설였는지 모른다. 차마 안 받았다는 말을 할 수 없어 "예, 받았어요!" 하고야 말았다. 나중에 가짜로 상장 하나 만들면 되지 하고 눈을 문지른다.

"오냐, 잘됐다. 아이고, 내 자식……."

나는 조만간 찾아가서 뵙겠다고 하고는 우리 집 주위에 핀 꽃에 대해서 물었다.

"시방 노란 난초가 한창이다."

어머니가 말하는 노란 난초란 노랑붓꽃이다.

"함박꽃은 다 피어서 지고 있고, 고것이 지면 또다른 꽃이 피고, 또 지고 나면 피고 지고……. 세상이란 그런 것이다."

나는 어머니 말이 끝나기를 기다렸다가 전화를 끊었다. 어머니한테 거짓말을 한 게 마음에 걸렸지만, 그럴 수밖에 없다고 나 자신을 위로하였다. 아, 나는 왜 이래야 하는가. 뭔가 희망차게 걸음마를 시작하려고 하면, 전혀 예상하지 못했던 일들이 터진다. 도서관에서 책도 빌릴 수 없게 되었고, 최우수상으로 환영받았어야 할 글은 온갖 모욕을 받으면서 쓰레기통 속으로 처박혀 버렸다. 나에게 그 상은 희망의 상징이었다. 그걸 뿌리째 잃어버렸다.

무료로 상영되는 온갖 악몽 속에서 하필 나는 주연 배우가 되어 허둥지둥 헤매다가 깨어난다. 새벽 네 시다. 나는 꿈이 무서워 다시 눈을 붙이지 못했다. 아침이 오는 게 두렵다. 이런 기분, 진짜 이런 기분은 생전 처음이다. 누군가 이런 나를 보았다면, '꼭 사형선고라도 받은 사람 같네.' 하고 웃었을지도 모른다.

서서히 동이 터 오고, 아침 햇살이 문풍지 가득 젖어 든다. 학교 갈 시간이 다가오자, 지진이라도 일어나면 좋겠다는 생각이 들었다. 그러면 학교에서도 내가 잊혀질 것이다. 나에 대한 징계 결정도 어물쩡 넘어갈 것이다. 나는 비겁하게도 그런 상상을 부풀리고 있었다.

저 죽을 걸 알고 도살장으로 끌려가는 소의 심정이 이럴까. 오직 눈빛으로만 인간하고 교감해야 하는 그 순한 동물의 마음이 어땠을까. 새삼 소라는 동물을 떠올린다. 지금 내 기분이 도살장이라도 가는 듯한 심정이기 때문이다. 오늘 징계 결과가 나온다. 숨이 멎는다.

교문을 지나 운동장을 걸어가다가 테니스장 옆에 앉았다. 어떻게 알고는 반장이 내 앞으로 걸어온다. 담임이 부른다고 했다. 교무실에 들어갔다.

담임이 나를 보고 옆에 앉으라고 눈짓했다.

"이시우, 어제 학교 징계위원회에서 너에 대한 징계가 결정되었다. 두 달간 유기정학이다. 이 정도로 넘어가는 게 다행인 줄 알아라."

유기정학! 그 말이 고막에서 메아리치자 가슴에서 뭔가 심하게 흔들리기 시작했다. 귀가 멍해지고 머릿속이 마구 얼크러졌다. 이를 악물었지만 정학이라는 말을 곱씹으면 곱씹을수록 뜨거운 물을 뒤집어쓴 눈사람처럼 몸이 무너지려고 하였다. 무기정학도 아니고 고작 유기정학인데. 퇴학을 당한 정태의 마음은 어땠을까. 얼마나 아팠을까. 얼마나 힘들었을까. 얼마나 외로웠을까. 얼마나 울었을까. 아, 너무 몰랐다. 정태를 너무 쉽게 보냈다. 정태를 너무 쉽게 잊었다.

호주머니에서 잠자던 동전들이 서로 몸을 부대끼는 소리를 낼 정도로 다리가 후들거린다. 병신 같은 다리야, 떨지 마라. 내가 왜 징계를 받아야 하지? 선배들 몸을 상하게 한 것도 아닌데, 나는 다듬잇돌처럼 그저 얻어맞기만 하였는데. 병신같이, 머저리같이. 학칙을 어긴 것은 주로 일학년 때의 일이고, 도서관 책을 잃어버린 것도 충분히 반성하고 있으며, 그 동안 책 한 권 빌려 보지 못하는 혹독한 대가를 치르고 있지 않는가. 그런데 징계라니! 이건 아니다. 학교에서 억울한 일을 당할 때는 어디 가서 신문고를 울려야 하는가.

내 귀에는 더 이상 선생님의 목소리가 들어오지 않았다. 어디 가서 이 억울함을 호소해야 하는지 그런 생각만이 소금물에 담긴 미꾸라지처럼 머릿속에서 발버둥치고 있었다. 나는 이 학교에 해가 되는 짓을 하지 않았다.

이번에는 교장 선생님의 부름을 받았다. 교장 선생님은 내 지식의 영역 밖에 있는 옛 선비들 이야기를 곁들이면서 한 시간이 넘도록 훈계를 하였다. 물론 내 머릿속에는 아무런 말도 들어오지 않았다. 내가 교장실에서 나오자 담임은 어느 정도 편안해진 눈빛을 흘린다.

"너 책 좋아하니까, 책이나 실컷 보다가 와라."

선생님은 와글와글 개구리들이 들끓는 논배미에다 재미 삼아 돌멩이를 던지듯이 농담까지 던졌다.

나는 눈을 돌렸다. 선생님은 곧 시골집에다 연락하여 어머니하고도 면담을 할 거라고 덧붙이면서 웃는다. 어머니가 이 사실을 알면 얼마나 충격을 받을까. 어제는 상을 받았다고 뻥을 쳤는데.

나는 술에 취해서 흙살이 질퍽거리는 못자리 논을 걸어가듯 허청허청 복도로 걸어 나온다. 몇몇 아는 얼굴하고 마주쳤으나 피차간에 아는 체하지 않는다. 교실로 가자 내 몸을 지탱하고 있는 뼈들의 조합이 삐걱삐걱 흔들리면서 눈앞이 노래진다. 나는 고개를 흔들면서 운동장으로 나온다. 한 걸음 한 걸음 옮기는 게 얼마나 힘겨운지, 학교와 세상의 경계인 교문 앞에서 그만 주저앉고야 말았다. 머리가 뿌옇게 흐려졌다. 다시는 이 곳에 오지 못할 것 같다. 그런 절망이 북을 친다. 목이 답답하다. 숨이 막힌다. 나는 어기적어기적 걸어오는 도라무통 선생님을 보고는 억지로 몸을 일으켜서 타박타박 걸어 나온다. 선생님이 뭐라고 소리쳤으나 뒤돌아보지 않았다.

큰길가 횡단보도 앞에서 몸을 세운다. 갈라진 아스팔트 사이에서 애옥살이하는 작은 풀이 눈에 들어온다. 자기 몸 풀 곳을 찾아 이 삭막한 아스팔트 사막을 떠돌아다니다가 간신히 그 좁은 틈을 비집고 들어가 살림을 차린 모양이다. 그 풀의 운명이 어쩐지 나하고 비슷한 처지로 보인다.

31

이제 모든 게 끝났다. 어떻게 해서든 살아 보려고 아등바등하다가 끝내 꿈틀거림을 멈춰 버린 애벌레가 떠오른다. 가슴에다 손을 얹어 본다. 심장이 뛰고 있다. 나라는 생명체 속에 살고 있는 작은 세포들은 무슨 미련이 있는지 아직도 일손을 놓지 못하고 있지만, 정작 나라는 거대한 생명체는 이 세상으로부터 처절하게 버림받고 모든 걸 놓아 버렸다.

나는 병신이다. 제대로 말썽 한 번 피워 보지도 못하고 이런 꼴을 당했다. 아니, 병신도 아니다. 병신이라면 억울하다는 응어리조차 품지 말아야 하거늘, 억울하다고, 억울하다고 몸부림치고 있으니 병신도 못 된다. 똘망똘망한 정상인도 아니고, 어리숙한 병신도 아니라면, 그럼 뭘까? 병신 이하라면, 인간도 아닐 것이고, 동물도 아닐 것이고……. 어쨌든 억울하다. 이럴 때는 어떻게 대응해야 하는지, 교과서는 물론 선생님들도 가르쳐 주지 않았다.

왜, 학생들은 억울함을 호소할 곳이 없는가. 그러고 보면 학생이라는 존재는 진짜 바보들이다. 공부라는 허울 좋은 틀에 갇혀서 철저하게 길들여지는 존재들이다. 에이, 바보들! 쪼다들!

머리가 먹물 속처럼 까매졌다가, 수만 개의 자갈들이 소용돌이치듯이 어지럽고 아프다가, 뱃속이 뒤틀리면서 마구 토악질하기 시작한다. 내가 멈추고 싶어도 멈출 수 없는 토악질이다. 내 몸을 이루고 있는 모든 뼈와 살이 문드러져서 입을 통해 다 뛰쳐나오는 것 같다. 이시우라는 인간이 싫다고, 이제는 지긋지긋한 네 몸에서 떠나겠다고 아우성치는 것 같다.

얼마나 토해 냈는지 모른다. 나는 기생벌의 어린 새끼들이 빠져나간 누에나방의 애벌레처럼 축 늘어지면서 입만 헤 벌리고는, 이제는 나 혼자만의 힘으로는 조금도 움직이는 것이 불가능하다고 생각하면서 눈을 감아 버렸다. 바로 그 때 은영이가 놓고 간 침낭이랑 텐트가 떠올랐다.

불가사의한 일이었다. 그 생각을 하자마자 내 몸은 벌떡 일어나고 있었다. 내 몸이 껍데기만 남은 줄 알았는데, 아직도 뼈들이 든든하게 기둥 역할을 하고 있었고, 수많은 살들이 힘을 모아 주고 있었다.

"고맙다, 내 몸아!"

나는 몇 번이나 내 몸에게 고맙다고 중얼거렸다.

침낭이랑 텐트를 자전거에 싣고 집을 나섰다. 목적지를 정할 만큼 내 정신은 또렷하지 않았다. 우선 이곳을 벗어나고 싶었다. 내 몸이나 다름없는 저 소화되지 못한 음식물들이 나뒹굴고 있는 이 방에서 탈출하는 게 우선이다.

빛의 끝 무리가 스러지자 어둠이 도시를 겹겹이 포위하면서 좁혀 온다. 수많은 불들이 일어나서 방어진을 친다. 나는 불빛들의 호위를 받으면서 속도의 광기 속으로 빨려 든다. 자동차랑 경쟁하면서 달린다. 그 뻔한 결말을 예측하면서도 내 안에 똬리를 틀고 있는 모든 응어리, 슬픔, 분노를 떨쳐 내려고 달리고 또 달린다. 도시를 벗어나자 치열하게 어둠을 막아 주며 방패 노릇을 하던 가로등 불빛도 사라지고, 그야말로 원시의 늪으로 어둠이 너울거린다. 나는 그 어두운 들에다 자전거를 세우고, 개구쟁이들의 눈망울 닮은 이슬이 내리는 풀밭에다 몸을 눕힌다.

목이 터져 버려도 상관없다는 생각으로, 심장이 터져 버려도 좋다는 생각으로 소리친다. 하지만 가슴속에 웅크리고 있는 응어리들은 끄떡도 하지 않는다. 오히려 더 많은 응어리들이, 물을 퍼내고 나면 금방 고이는 모래 샘처럼 더 많이 모여들었다. 나는 다시 자전거를 타고 달렸다. 그냥 핏줄처럼 이어지고 이어진 길을 따라서 갈 뿐이었다. 얼마나 달렸을까. 어디서 걸음마를 시작한 강물인지 그 족보를 알 수 없는 거대한 강물이 막아선다. 나는 그 강가에 서서 한동안 거칠게 숨을 뱉어 냈다.

"아아악! 살고 싶다, 살고 싶어. 제발 나 좀 살려 줘……."

아무리 악을 써도 응어리는 풀리지 않고 오히려 가슴이 더 답답해진다. 가슴속 저 밑바닥에서 숨뭉치가 부풀어 오르는 느낌이다. 숨이 막혀 오자, 나는 다시 벌떡 일어나서 자전거를 타박해 간다. 지금 나라는 인간은 정지된 상태에서는 잠시도 버틸 수 없는 위태로운 상태다. 목적지를 알 수 없는 이 몸부림, 어쩌면 고등학교에 온 뒤로 계속 이랬는지도 모른다. 나는 끝이 보이지 않는 길에서 허우적허우적 몸부림치다가, 이렇게 비참하게 학교에서 쫓겨나는 신세가 되고야 말았다.

어둠을 뚫고 파편처럼 솟구쳐 나오는 햇귀를 보자 하마터면 자전거에서 떨어질 뻔했다. 순간적으로 멍해지면서 발 운동을 멈춰 버렸기 때문이다. 커다란 산허리를 돌아서자 마치 알을 깨고 처음 세상에 나온 것처럼 눈을 쑤시는 햇살이 밀려들었다. 나는 햇살을 등지면서 계속 자전거를 다그쳐 간다. 지금 나한테 잠을 잔다는 것, 먹는다는 것은 아무런 의미가 없다. 나는 그냥 달렸다. 아침도 거르고 점심도 거르고 다시 저녁도 거르고, 어디로 가는지도 몰랐다.

그러다가 낯익은 산과 들을 마주치고는 얼마나 당황했는지 모른다. 또다시 햇귀가 유리 조각처럼 터져 나올 즈음, 나는 해마다 봄바람이 질러 가는 고향 마을이 보이는 들 한복판에 와 있었다. 우거진 풀숲에서 어린 시절 내 입맛을 달래 주던 멍석 딸기 덩굴이랑 개똥참외 덩굴이 치열하게 자리싸움을 하고 있었다. 눈이 커서 유독 잘생겨 보이는 참개구리 한 마리가 나를 멀뚱멀뚱 쳐다보고 있었다. 개구리가 내 동무 같았다.

나는 벌떡 일어나서 자전거를 타고 달아나기 시작했다. 고향의 햇볕과 바람과 물에게, 땅과 나무와 풀들에게, 나를 아는 모든 얼굴들에게 지금의 내 모습을 보이기 싫었다. 그럴 바엔 차라리 저 들의 동맥인 강물 속으로 뛰어드는 게 낫다. 죽음이 눈앞에 있다. 어렸을 때부터 숱하게 죽은 자들을 위한 의식을 보았고, 죽은 자들이 누운 무덤 근처를 요람처럼 생각하면서 뛰놀았지만, 내가 이렇게 빨리 죽음이라는 말을 씹어 댈 줄은 몰랐다. 그건 노인들처럼 삶의 징검다리를 숱하게 건넌 뒤에나 받아들이는 거라고 생각했는데, 이렇게 빨리 죽음이라는 말을 곱씹게 될 줄은 몰랐다.

그래, 바다라면 나를 달래 줄 것이다. 은영이랑 자전거 여행을 가기로 했을 때 우리의 목적지였던 바다. 바다가 보고 싶다. 나는 본능이 가리키는 대로 방향을 틀었다.

또다시 어둠이 포복해 올 무렵 나는 서해 바다가 품어 주는 작은 마을에 도착했다. 전어 비린내보다 더 강하게 달려드는 바닷바람을 맞으면서 마구 부르짖었다. 내 가슴속에 수백 수천 개로 엉켜 있는 응어리들을 풀어서, 쪼개서, 뱃속에 있는 창자랑 모든 장기들이 다 튀어나올 정도로 맹렬하게 내뱉었다.

"살고 싶어! 정말 제대로 한 번 살고 싶어! 내 몸속에 숨어 있는 가능성을 일깨워 준 책을 품고, 촌놈이 생각지도 못했던 문학이라는 거대한 꿈에다 삶을 걸고 싶단 말야! 근데 왜, 왜, 자꾸만 나를 막아서는 거야! 왜! 왜!"

소리치다가 지쳐 쓰러질 때까지, 입 안에서 침이 말라 버려 더는 말이 굴러 나오지 않을 때까지, 돌멩이 하나만 던져도 우수수 떨어지고야 말 것 같은 은하수의 빛이 닳아지면서 먼동이 솟아오를 때까지 소리치고 소리쳤지만 응어리는 풀리지 않았다. 내 목소리는 허공을 가르며 치달렸으나 바닷바람이 아가리를 벌리고 삼켜 버렸다. 그뿐이다. 태초에 생명을 잉태하여 이 세상에다 풀어 놓은 바다마저도 내 마음을 풀어 주지 못한다.

나는 안개 속에서 햇무리져 오르는 햇살을 받으면서 마구 머리로 땅을 방아 찧다가 원고지를 떠올린다. 그래, 쓰고 싶다. 뱉어도, 소리쳐도 풀리지 않는 한을 쓰고 싶다. 작지만 저 거대한 바다도 품어 낼 수 있는 원고지의 작은 칸, 그 안으로 들어가서 실컷 울고 싶다. 이 세상은 한없이 커 보이지만, 내게는 원고지 한 칸보다 작다. 이 세상 어디를 가도 내 마음을 어루만져 줄 곳은 없었다.

뭔가 써야 한다는 씨앗이 움트는 순간 어떤 초인적인 힘이 솟구친다. 나는 다시 자전거 페달을 밟기 시작했다. 집에 왔을 때는 또다시 어둑어둑해지고 있었다.

　나는 곧장 부엌문을 열고 들어서다가 그만 입을 벌린 채 멍하니 서 버렸다.

　"엄마!"

　"오매, 이놈의 새끼!"

　놀랍게도 어머니가 부엌에 서 있었다. 나는 어머니보다 훨씬 몸이 컸지만 한순간에 졸아들면서 한 품에 빨려 들었다. 울지 않으려고 했으나 불가항력이었다. 내 눈물 그릇은 이미 엎질러지고야 말았다.

　어머니가 내 얼굴을 자꾸만 어루만졌다.

　"얼굴 좀 보소. 인공 때 반란군들만이로……. 그래, 니가 돌아올 줄 알았다. 며칠 전에 느그 선생님 만나고서 여기서 기다리고 있었다……."

　어머니는 뭔가 삭혀진 말들을 뱉어 내려다가 참고는, 다시 내 얼굴을 요모조모 훑어보았다. 나는, 어머니가 이리저리 살피면서 골라내는 쓸모 있는 감자 종자이기를 바라면서 당신의 살냄새를 맡는다.

　"시우야, 어매는 말이다. 느그 선생님 말을 듣고 이렇게 말했다. '내 자석을 함부로 나쁘게 말하지 마씨요. 내 자석은 절대 그런 학생이 아니요. 선생님이 뭔가 오해가 있는 모양이요. 그놈은 아직까지 누구하고 쌈박질 한 번 안 해 본 놈이요. 술이요? 술이야 어려서부터 단술이랑 막걸리 먹어 봤응께, 맘이 고

달프면 한두 잔씩 할 수도 있는 것 아니요. 그것이 뭣이 문제요. 글지만 누굴 때리고, 누굴 해코지할 놈은 아니요. 내 몸뚱이에서 떨어져 나간 우리 종자들은 그렇게 살지 않았소. 내가 촌사람이라고 말 함부로 하시면 곤란하요.' 시우야, 나 그렇게 말해 버렸다. 너도 당당해야 써, 암. 항시 말이다. 어매는 항시 너를 믿는다. 내가 동무 삼아 살면시 키우는 곡식들만이로, 나는 믿으면서 살았시야……."

조금도 떨림 없는 목소리로 당당하게 말하는 어머니를 보았다. 당신이 평생 호미질해 온 밭고랑이 하나 둘씩 들어찬 얼굴에는, 바람에 탄 세월이 깃들여서 단순히 늙은 것이 아니라 우리 마을 당산나무 앞에 서서 세월 삭히는 장승만큼이나 영적인 느낌마저 우러났다.

어머니는 다시 내 얼굴을 어루만지며 어서 밥을 먹자고 하였다. 어머니는 도깨비방망이를 든 사람처럼 뚝딱뚝딱 음식을 차려 냈다. 밥상이 금세 음식으로 가득 찼다. 나는 어머니의 살 냄새 나는 밥을 두 그릇이나 꾹꾹 쟁여 넣었다.

어머니는 당신 뱃속에서 뽑아낸 어린 나를 생각이라도 하듯이 허공을 응시하면서 입술을 꼭 여미었다. 어머니 입술은 전혀 나를 꾸짖으려는 기색이 없고, 다만 당신의 가슴에다 무엇인가를 삭히려는 표정만이 역력했다. 어머니는 더 말을 풀어 놓지 않았다. 선생님들 이야기도, 고향 이야기도, 빈 방에서 애타게 자식을 기다린 시간의 아픔에 대해서도, 책상 위에 교과서보다 많이 쌓여 있는 원고지에 대해서도. 그런 여백 사이로 졸음이 쳐들어왔다. 나는 어느새 스르르 잠이 들었다.

참으로 오랜만에 맛보는 깊은 잠이었다. 어렸을 적 뒷동산 부드러운 잔디밭에 누워 휘파람을 불면서 구름들이 만들어 내는 동물들을 구경하다가 스르르 잠에 젖어 들었을 때만큼 편안한 잠이다.

문살을 환하게 밝히며 새어 든 햇살의 간질임에 못 이겨 눈을 뜨자 어머니가 부엌에서 달그락거리고 있었다. 순간 고향 집에 와 있는 착각에 빠져 들었다. 어머니와 겸상하면서 새삼 나라는 생명체를 이 세상으로 보내 준 숭고한 얼굴을 보았다. 어젯밤에는 마을 앞 당산나무조차 함부로 하대하지 못하는 장승을 닮아 보이던 눈빛이었는데, 지금은 쭈글쭈글 늙어 가는 시골 늙은이로 보여서 자꾸만 밥이 목에 걸린다. 하도 많은 일에 부대끼다 보니 기형적으로 굵어진 손가락은 제대로 젓가락조차 잡지 못하고, 손톱은 뭉그러지고 깨져 버려 성한 품새를 간직한 꼴을 찾아볼 수 없다.

내가 어머니 살을 먹고 살아왔구나!

나는 어머니 눈길을 피하며 고개를 들어 올린다. 목구멍으로 뜨거운 물줄기가 반란을 일으키면서 거슬러 오른다. 나는 밥이랑 국물을 진압군으로 투입하여 그 반란을 재우려고 하다가, 화장실 간다는 핑계로 일어난다. 나는 화장실에 앉자마자 끄억끄억 울어 버렸다.

방에 오자 어머니가 갈 준비를 서두르고 있었다.

"어매는 이제 가 봐야 쓰겠다. 집을 너무 오래 비워 둬서야…… . 어매는 너를 믿는다. 내 아들을 믿는다. 그렁께 한사코 몸단속 잘하고, 정신 채리고 너를 잘 다독거려야 써. 너밖에 없다. 니 정신을 순집어 주고, 니 몸을 북돋아 주는 것, 고런 것들 다 누가 해 줄 사람이 없다. 오직 니 자신밖에 없다. 알았지야?"

밭고랑에 앉아서 당신 닮은 쇠비름이랑 호미 씨름을 하듯이 토막토막 애절하게 내뱉는 말소리를, 나는 귀가 아니라 가슴 속으로 끌어들였다.

32

수많은 시골내기들의 멀미를 받아 낸 시외버스에다 어머니를 태워서 또다른 기억 속으로 흘려보내고 온 뒤, 부엌에서 세숫대야에다 찬물을 떠 바득바득 몸을 씻는다.

그런 다음 방에 앉아서 원고지를 펼친다.

더는 지기 싫다. 이렇게 져 버린다면, 너무 허무하다. 이시우라는 그 작은 인간이, 멍밭이 된 몸뚱이가 불쌍하다. 지긋지긋하게 맞아도 보고, 병신도 되어 보고, 벌레도 되어 보고, 밟혀도 보고, 조롱거리도 되어 보았다.

학교란 나에게 달콤한 꿈을 주는 곳이 아니다. 화가의 꿈을 앗아간 곳도 학교요, 과학자의 꿈을 앗아간 곳도 학교요, 선생님의 꿈을 앗아간 곳도 학교다. 나에게 학교란 그런 곳이다. 그렇지만 그런 학교 때문에 책을 알았고, 문학을 받아들였다. 그러자 학교는 나한테서 책을 빼앗아 버렸고, 그것도 모자라서 문학마저 뺏으려고 한다. 더는 잃고 싶지 않다.

나는 책을 보면서 문학이라는 새로운 희망을 가슴 둥우리에다 품게 되었다. 이제 지켜 내겠다. 내 가슴에서 움튼 희망을 지켜 주겠다. 그러기 위해서 학교로 돌아갈 거다. 그 지옥 속에는 세상 모든 슬픔과 기쁨과 사랑을 담은 책들이 있다. 문학이 있다. 그것만 생각하자. 난 문학 할 거다. 나를 욕한 놈들, 비웃은 놈들, 다 쓸 거다.

내 입은 주절주절 생각의 씨앗들을 뱉어 내고, 내 손은 자연스럽게 원고지에다 써 내려가고 있었다. 그러자 동안거라도 치러 낸 것처럼 정신이 맑아진다.

나는 책꽂이 속에서 서로 어깨를 맞대고 서 있는 수백 권의 책을 올려다본다. 서로 몸을 기대야만 편안하게 서 있을 수 있는 책들, 나도 그런 책들 중 하나였으면 좋겠다. 그렇게 누군가에게 기대고, 누군가의 무게를 받쳐 주면서 살고 싶다.

나는 책을 한 권씩 뽑아서, 내 허물 같은 먼지들을 털어 내고 책갈피를 넘긴다. 내게 새로운 생명을 준 책들. 비록 영어 수학은 지진아였어도, 나에게 새로운 세상을 볼 수 있는 마음속의 눈을 자라게 해 준 위대한 마법사, 끝이 없는 세상! 책은 맨 처음 나를 받아들이던 그 모습 그대로 아무런 말 없이 나를 기다리고 있었다. 고맙다. 책들이, 저 위대한 생명체들이 고맙다.

상처의 기억,
기억의 상처

1

문학은 기억의 서술이다. 물론 그 기억은 인생을 오래 산 노인들의 단순한 회상이나 역사적 사건의 사실적 기록 같은 것은 아니다. 문학은 상처 난 영혼의 흔적에 대한 기록이다. 인간은 공적(혹은 사회적)인 일조차도 모든 사람이 객관적으로 똑같이 인식하는 게 아니라 저마다 다른 기억으로 간직한다. 달리 말해 사회 전체적인 일이라고 하는 것도 결국은 개개인이 처한 특수한 상황에 따라 다르게 기억한다는 것이다. 문학은 바로 저마다 다른, 그 사람만의 기억을 펼쳐 보이는 것이다.

그러나 지나간 무언가를 기억하는 순간 원래의 사실은 사라진다. 기억은 기본적으로 왜곡을 전제로 하기 때문이다. 특히나 문학에서 원본 그대로 기억하는 일은 없다. 글을 쓰는 순간 기억은 재구성된다. 이른바 기억에 '상상'이라는 허구가 끼어

들어 원래의 기억을 재구성해 버리는 것이다. 기억을 재구성하는 기준은 글 쓰는 이가 가진 현재의 욕망이다. 그 욕망이 '지나간 것은 무조건 아름답다'고 하면 과거의 고통스런 기억조차도 아름답게 기억된다. 반면에 '그 시절은 죽지 못해 살았다'고 느끼면 현재의 삶이 아무리 넉넉하다 해도 과거의 일을 떠올리기만 하면 악몽이 되살아나고 만다.

2

이상권의 『난 할 거다』는 과거의 아름답지 못한 시절에 대한 기억이다. 이상권에게 고등학교 시절은 아름답지 못한 시절이다. 모르긴 몰라도 작가는 오래도록 그 때의 기억을 떨쳐 내지 못하고 기억의 저장고에 묻어 둔 채 그대로 있었을 것이다. 언제라도 떨쳐 버리고 싶었겠지만 의지대로 되지 않았을 것이다. 망각되지 않는 기억, 거기서 자유로울 사람은 없다. 이상권은 자신의 기억을 망각하기 위해 새삼스레 소설로 썼다. 이를테면 지나간 시절과 화해하고 싶은 것이다.

문제는 작가의 아름답지 못한 시절에 대한 기억이 과거의 일로만 그친 게 아니라는 것이다. 현재 이 시대를 사는 고등학생의 삶도 작가의 그 시절과 그리 다르지 않다. 원인은 딱 한 가지다. 오로지 남을 딛고 올라서서 좋은 대학에 가는 것만이 오래전부터 대한민국 고등학생들의 절대 목표가 되어 있기 때문이다.

"그나저나 이유나 들어 보자. 어제 왜 싸웠냐?"

나는 어젯밤 파출소에서 말한 그대로 되풀이하였다.

선생님이 헛웃음을 터뜨렸다.

"니 말 들으면 선배들이 다 깡패네. 야, 이시우. 그 선배들은 다들 반에서 일이등 하는 애들이다. 물론 성적으로 말하기는 그렇다만, 상식적으로 봐서 그렇다 이거야. 게다가 한 명은 선도부고. 그럼 그 선배들이 이유 없이 너를 때렸겠냐?" (162~163쪽)

담임 선생님은 선배들에게 폭행당한 이시우를 두고 오로지 성적만으로 사건의 전말을 재단하고 만다. 성적이 좋은 선배들은 모범생이고 그렇지 않은 이시우는 불량 학생인 것이다. 그러니 일의 자초지종이나 판단의 합리성은 애당초 끼어들 자리가 없다. 담임 선생님뿐만 아니라 학교 교사들은 죄다 학생을 판단하는 기준을 성적에 두고 있다. 즉 성적이 좋으면 모범생, 성적이 좋지 않으면 불량 학생!

나는 유령 선생님한테도 불려 갔다. 유령 선생님도 나를 때린 선배들은 서울대 갈 모범생들이라고 한껏 치켜세우면서, 모든 게 나 때문에 일어난 일이라고 멍석말이를 해 갔다. (164쪽)

이런 까닭에 이시우는 새 학년이 된 뒤 내심 '모범적'으로 자신을 관리해 온 게 다 허망해지고 만다. 어디 한 곳, 누구 한 사람 기댈 데가 없는 것이다. 시우가 이렇게 된 것은 학교생활의 첫 단추가 잘못 끼워진 탓이다. 시우는 고등학교에 입학한 뒤 바로 영어, 국어, 독일어 시간에 책을 읽지 못하는 황당한 일을 겪는다. 그러나 선생님들은 시우가 왜 책을 읽지 못하는지를 살피지 않고(살펴볼 생각도 없고) 바로 폭력을 휘두르고 만다.

"뭐 이딴 놈이 다 있어! 왜 못 읽는 거야? 떨려서 그러는 거야, 아니면 다른 이유가 있는 거야?"

대답조차 할 수 없었다. 나조차 이 혼란스러움의 정체를 모르니, 무슨 대답을 하겠는가.

"이것 봐라, 대답 안 해!"

뭔가 머리통을 후려갈겼다. 슬리퍼였다. 선생님이 슬리퍼로 계속 나를 내리쳤다.

"어서 대답해 봐. 말을 해야 선생님이 알 거 아냐!"

아무리 윽박질러도 내 입은 열리지 않았다. 선생님은 슬리퍼가 닳도록 때리다가, 그만 앉으라고 소리쳤다. **(23쪽)**

이전 영어 시간에 이시우는 책을 읽지 못한 탓에 칠판 앞으로 불려 나가 박달나무 몽둥이세례를 받았고, 다음번 영어 시간에도 또 매타작을 당해야 했다. 시우의 학교생활은 이미 엉망이 되고 말았다. 어느 선생님도 이시우가 왜 갑자기 말문이 닫혀 책을 못 읽는지는 따져 보지 않고 일단 폭력부터 휘두르고 만다. 그들은 손에 잡히는 것이면 무엇이든지 폭력의 도구로 사용한다. 출석부, 슬리퍼, 몽둥이 등등.

그러한 도구보다도 더 억세게 이시우의 영혼을 짓누르는 것은 언어폭력이다. 도저히 남을 가르치는 교사의 입에서 나올 만한 언어가 아니다. 그들은 학생 개개인의 처지나 능력을 살필 생각은 애당초 없다. 그래서 공부 못하는 시우가 써낸 수학여행 감상문을 두고도 의심을 한다.

"이시우! 이 글 니가 쓴 거 맞아?"
선생님이 나를 노려보면서 물었다.
"예."
나는 기분이 얼떨떨했다. (152쪽)

이미 일기를 통해 글쓰기 내공을 쌓고 소설까지 창작하여, 그나마 이시우에게 호의적인 도서관 담당 선생님한테 나름대로 인정을 받은 글 솜씨였다. 그러나 그런 속사정은 전혀 고려 대상이 아니다. 시우는 그저 불량 학생일 뿐이다. 불량 학생이 어디 글쓰기 대회 수상자가 될 수 있나! 그래서 수상자는 부반장으로 바뀐다.

이시우가 정붙일 데는 기껏 정태와 은영이라는 친구와 학교

도서관의 책들뿐이다. 그런데 정태와 은영이가 학교를 그만두
고 만다. 둘 다 불우한 가정 아이들이다. 학교는 그들의 개별적
인 사정은 다 무시한다. 이 대목에서 왜 학교가 존재하는지 알
수 없게 된다. 역설적이게도 그들은 오히려 학교를 벗어남으
로써 더욱 성장한다. 그러나 그들의 성장은 쓸쓸하다. 언제까
지 이 땅의 주변부 아이들은 제각각 '알아서' 커야 하는가.

정태는 잠이 들었다. 나는 정태가 깨지 않도록 조심조심 일어나서 밖
으로 나왔다. 어머니는 정태가 진술해 보인다고 하면서도, 한편으로는
너무 어린 나이에 세상을 많이 알아서 걱정된다고 했다. (133쪽)

학교를 뛰쳐나간 뒤 배를 타다 이시우의 시골집에 찾아와
잠시 잠이 든 정태. 시우 어머니는 나이보다 더 자라 버린 정태
가 안쓰럽다. 정태는 짧은 시간이지만 시우 집에서 따스함을
느끼고 떠난다. 그 따스함의 바탕은 바로 시우 어머니다. 어머
니는 아들도 끝까지 믿고 품지만 아들 친구에게도 똑같다. 아
이들은 바로 그런 품이 필요하다. 시우가 학교에선 불량 학생
이지만 어머니에게는 전혀 그렇지 않다.

"시우야, 어매는 말이다. 느그 선생님 말을 듣고 이렇게 말했다. '내
자석을 함부로 나쁘게 말하지 마써요. 내 자석은 절대 그런 학생이 아니
요. 선생님이 뭔가 오해가 있는 모양이요. (중략) 내가 촌사람이라고 말

함부로 하시면 곤란하요.' 시우야, 나 그렇게 말해 버렸다. 너도 당당해야 써, 암. 항시 말이다. 어매는 항시 너를 믿는다. 내가 동무 삼아 살면시 키우는 곡식들만이로, 나는 믿으면서 살았시야……." (176~177쪽)

자식 때문에 학교에 불려 간 시골 어머니. 얼마나 주눅 들었을까? 그러나 어머니는 당당하다. 왜냐하면 자기 자식은 자신이 가장 잘 알기 때문이다. 그런 어머니의 믿음이 있어 시우는 교사들 눈엔 불량 학생이지만 어머니에겐 세상 다시 없어도 소중한 아들이다. 마치 당신이 키우는 곡식들과 마찬가지로. 그런 어머니이기에 아들 친구도 따스함을 느낄 수밖에 없다. 어머니의 이런 힘은 어디서 나올까? 자연의 이치를 이미 파악하고 있는 데서 나온다.

"함박꽃은 다 피어서 지고 있고, 고것이 지면 또다른 꽃이 피고, 또 지고 나면 피고 지고……. 세상이란 그런 것이다." (166쪽)

달관한 듯한 어머니의 자세는 바로 자연의 이치를 거스르지 않기 때문에 가능하다. 그러나 학교는 바로 그런 자연의 이치를 거스른다. 자연의 이치를 거스르는 것은 폭력이다. 이상권이 그동안 자타가 공인하는 최고의 생태 작가로 자리를 잡은 사정이 분명해졌다. 작가는 자연의 이치를 곧 삶의 원리로 받아들이는 것이다. 물론 그런 씨앗은 어머니한테 이미 들어 있었다.

도서관의 책들이 유일한 안식처인데, 그나마 자신을 인정해 주고 믿어 주던 도서관 담당 선생님이 전근을 가고, 불행스럽게도 새로 도서관을 맡은 국어 교사는 이시우가 책을 분실했다는 이유만으로 도서 대출 자체를 막아 버리고 만다. 이제 이시우는 어찌해야 하는가.

작품을 읽는 내내 답답함을 떨쳐 낼 수 없었다. 작가가 그리는 학교 풍경이 과거의 모습으로 지나간 풍경이 아니라 지금 바로 이 시대의 학교이기도 하기 때문이다. 사회는 농경사회와 산업사회를 거쳐 정보사회로 접어든 지 오래다. 그러나 학교는 아직도 농경사회 때의 수준에 머물러 있다. 그렇다고 해서 그 때의 순박함까지 같이 지니고 있는 건 아니다. 좋지 않은 것만 아직도 학교 울타리 안에 가둔 채 학생들을 윽박지른다.

아이들의 의식 수준은 이미 교사들과는 비교가 되지 않을 정도로 발전해 있다. 그러나 교사들은 그렇지 않다. 교사들은 자신의 학창 시절은 다 잊어버리고 오로지 아이들을 닦달하기만 한다. 그러면서 지겹도록 되풀이하는 말이 "너희들이 하고 싶은 건 대학 가면 다 할 수 있다!"이다. 이 말 속엔 왜 대학을 가야 하는지, 왜 대학만 가면 지금 할 수 없는 걸 다 할 수 있는지 같은 건 들어 있지 않다. 이 땅에선 대학이면 뭐든지 다 통하기 때문이다.

에피쿠로스였던가, 행복에 대해 이렇게 말한 사람이. "행복하기 위해 어린아이들한테 더 기다리라 말하고, 늙은이들한테 이미 지나갔다 말하고, 노예나 몸 파는 이들한테 당최 그런 것 바라지도 말고 포기하라고 말해선 안 된다. 누구나 지금 자신의 자리에서 행복할 수 있어야 한다." 그렇다면 고등학생들은 그 나이에 맞게 행복해야 한다. 왜냐하면 그 시절 역시 한번 흘러가면 다시 오지 않기 때문이다. 카르페 디엠(carpe diem)! 오늘을 놓치면 다시 오지 않으니 지금 이 시간을 맘껏 누려야 하지 않겠는가!

3

성장소설 역시 일반문학과 마찬가지로 작가의 기억을 바탕으로 한다. 물론 그 기억은 모든 사실과 상황을 정확하게 반영하지 않는다. 작가는 이미 기억하고 있는 원 기억에 자신의 상상을 보탠다. 상상은 바로 작가가 지향하는 점, 욕망이 될 것이다.

성장소설을 달리 '예술가소설'이라고도 부르는 까닭은 바로 성장소설의 주인공을 현재 작가가 된 글쓴이의 모습으로 볼 수 있기 때문이다. 그러기에 대부분의 성장소설은 이십 세 이후의 세계를 다룬다. 바로 글쓴이 자신의 현재와 가장 가까이 닿아 있는 시기이기 때문이다. 다시 말해 그런 성장소설은 글 쓰는 작가가 된(될 수밖에 없는) 주인공의 삶을 그린다. 이런 성장소설은 대부분 과거 회상에 머물러 있으면서 자신의 현재를 합리화하는 데에 많은 부분을 할애한다.

그러나 청소년 시기를 다룬 성장소설은 작가의 현재 모습을 합리화하는 게 아니라 아직 미성숙한 자아를 가진 주인공의 갈등을 다룬다. 이를테면 하나의 인간으로서 홀로 서기 위해 발버둥 치며 껍데기를 벗고 나오는 모습을 다루는 것이다. 그러기에 성인 독자를 위한 성장소설과 달리 청소년 독자를 위한 성장소설은 써 내기가 간단치 않다.

성인 독자를 대상으로 하든 청소년 독자를 대상으로 하든 성장소설은 기본적으로 작가 자신의 기억을 쓴다는 점에서는 같지만, 같은 기억이라도 어느 층위에서 어떻게 문학적으로 형상화하는지에 있어서는 다르다. 성인 독자를 위한 성장소설은 성인의 시각으로 자신의 애기를 하면 된다. 그러나 청소년 독자를 위한 성장소설은 성인 시각이 아니라 청소년 또래의 시각으로 그려 내야 한다.

청소년은 성인의 언어가 아니라 그들만의 언어로 미래를 꿈꾸며 상상한다. 그러기에 청소년 독자를 위한 성장소설은 무엇보다도 그 또래의 언어가 따로 필요하다. 여기서 말하는 청소년의 언어는 그들이 쓰는 덜 정제된 말투를 이르는 것이 아니다. 그런데 이 점을 잘못 이해한 일부 작가는 요즘 청소년이 함부로 쓰는 말만 잔뜩 집어넣은 뒤 '살아 있는 말로 생생하게 청소년의 실상을 그렸다'고 강변한다. 문학이 뭔지 당최 생각해 본 일이 없는 이들의 유희에 불과한 일이다.

　청소년문학은 생생한 날것을 그리는 것도 아니고, 푹 삭아 버린 것을 그리는 것도 아니다. 날것도 아니고 삭아 내린 것도 아닌, 적당히 삭고 있는 것을 그린다. 젓갈을 예로 들자면, 소금을 치는 둥 마는 둥 하여 간이 제대로 배기도 전에 곯아 버리게 해서도 안 되고, 소금을 들이붓다시피 해서 너무 짜게 절여서도 안 된다. 알맞은 시간을 두고 삭을 수 있을 만큼의 소금이 필요하다.

　청소년 독자를 위한 성장소설이 선보인 지 십 년 세월이 넘었다. 그사이 청소년을 위한 소설이 꽤 쏟아져 나왔다. 하지만 아쉽게도 제대로 된 작품은 그리 많지 않다. 청소년문학에 대한 작가들의 이해 부족 때문인지 계몽성 짙은 우화를 '어른을 위한 동화'라고 우기며 청소년들에게 읽을거리로 내놓거나, 황당무계한 만화 같은 이야기를 경쾌 발랄한 문학이라고 우기거나, 자극적이고 선정성 짙은 인터넷 기사 같은 이야기를 이 시대 아이들의 현실이라고 떠들어 대기를 마다하지 않는다.

　청소년은 누가 뭐라 해도 아직 성장하는 계층이다. 그들은 그들만의 방식으로 과거와 현재의 세상을 해석하고 미래의 세계를 꿈꾼다. 하지만 동화와 마찬가지로 그들 자신이 창작의 주체가 되기는 쉽지 않다. 따라서 이미 청소년기를 거쳐 온 기성 작가가 자신의 기억을 바탕 삼아 요즘 아이들을 대상으로 한 이야기를 써낼 수밖에 없다.

물론 이 때 중요한 것은 요즘 아이들에게 통할 수 있는 보편성을 얼마나 갖추고 있는 이야기인가 하는 점이다. 이 측면에서 볼 때 『난 할 거다』는 작가의 자전적인 학창 시절 이야기지만("작가의 모든 작품은 작가 자신의 자서전일 따름"이라고 괴테는 말했다!) 요즘 아이들 이야기이기도 하다. 다시 말해 충분히 보편성을 얻을 만한 이야기라는 것이다.

작가는 자신의 상처를(기억이 곧 상처이기도 하므로) 전편에 펼쳐 놓았다. 바로 요즘 얘기라 해도 무방할 터인데 굳이 요즘 시대를 배경으로 하지 않은 건 현실과 거리를 둠으로써 되레 허구성을 가미하기 위해서다. 그 허구성은 역설적으로 작품을 더욱 현실감 있게 한다. 독자에게 지금 얘기를 바로 보여 주지 않음으로써 들려주기의 이야기 전통을 고수한 것이다. 이 점에서 작가 이상권은 노련한 이야기꾼이다.

박상률 (소설가)

난 할 거다

2008년 5월 15일 1판 1쇄
2025년 9월 15일 1판 12쇄

지은이 이상권

편집 김태희, 박찬석, 조소정 | 제작 박흥기
마케팅 김수진, 이태린, 이예지 | 홍보 조민희

출력 블루엔 | 인쇄 코리아피앤피 | 제책 J&D바인텍

펴낸이 강맑실
펴낸곳 (주)사계절출판사 | 등록 제406 2003 034호
주소 (우)10881 경기도 파주시 회동길 252
전화 031)955-8588, 8558 | 전송 마케팅부 031)955-8595 편집부 031)955-8596
홈페이지 www.sakyejul.net | 전자우편 literature@sakyejul.com
블로그 skjmail.blog.me | 페이스북 facebook.com/sakyejul | 인스타그램 instagram.com/sakyejul

값은 뒤표지에 적혀 있습니다. 잘못 만든 책은 구입하신 서점에서 바꾸어 드립니다.
사계절출판사는 성장의 의미를 생각합니다. 사계절출판사는 독자 여러분의 의견에 늘 귀 기울이고 있습니다.

ISBN 978-89-5828-283-9 44810
ISBN 978-89-5828-473-4 (세트)